U0066776

每個人心中都有一座島嶼，
藉文字呼息而靜謐，
Island，我們心靈的岸。

尋醫者
一張白色巨塔
往非洲大陸的
航　海　圖
殷小夢——著

還要多少塵土飛揚的路，才能到達你們居住的村落？

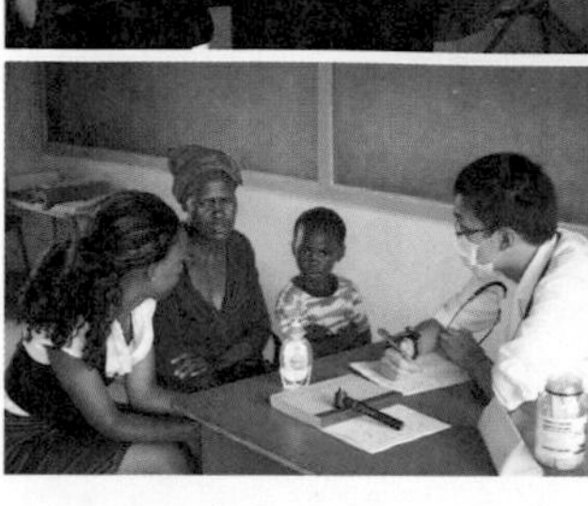

他可能是你眾多病人中的一位，你卻是他唯一的醫生

來到非洲之後，語言的溝通卻往往成為行醫時的巨大困擾之一。無法口語獲得的訊息，也唯有仰賴那些細心的敲敲叩叩，那些豎耳安靜的聆聽，你才得以像是穿越時光隧道般，用一種更古老卻貼近病患的方式，尋找疾病的樣貌。在無聲的問診之間，那些平時醫病間無法企及的細膩互動串起了病榻與白袍，彷彿那裡真也有道無形的光，暖暖地將你們彼此連結起來。

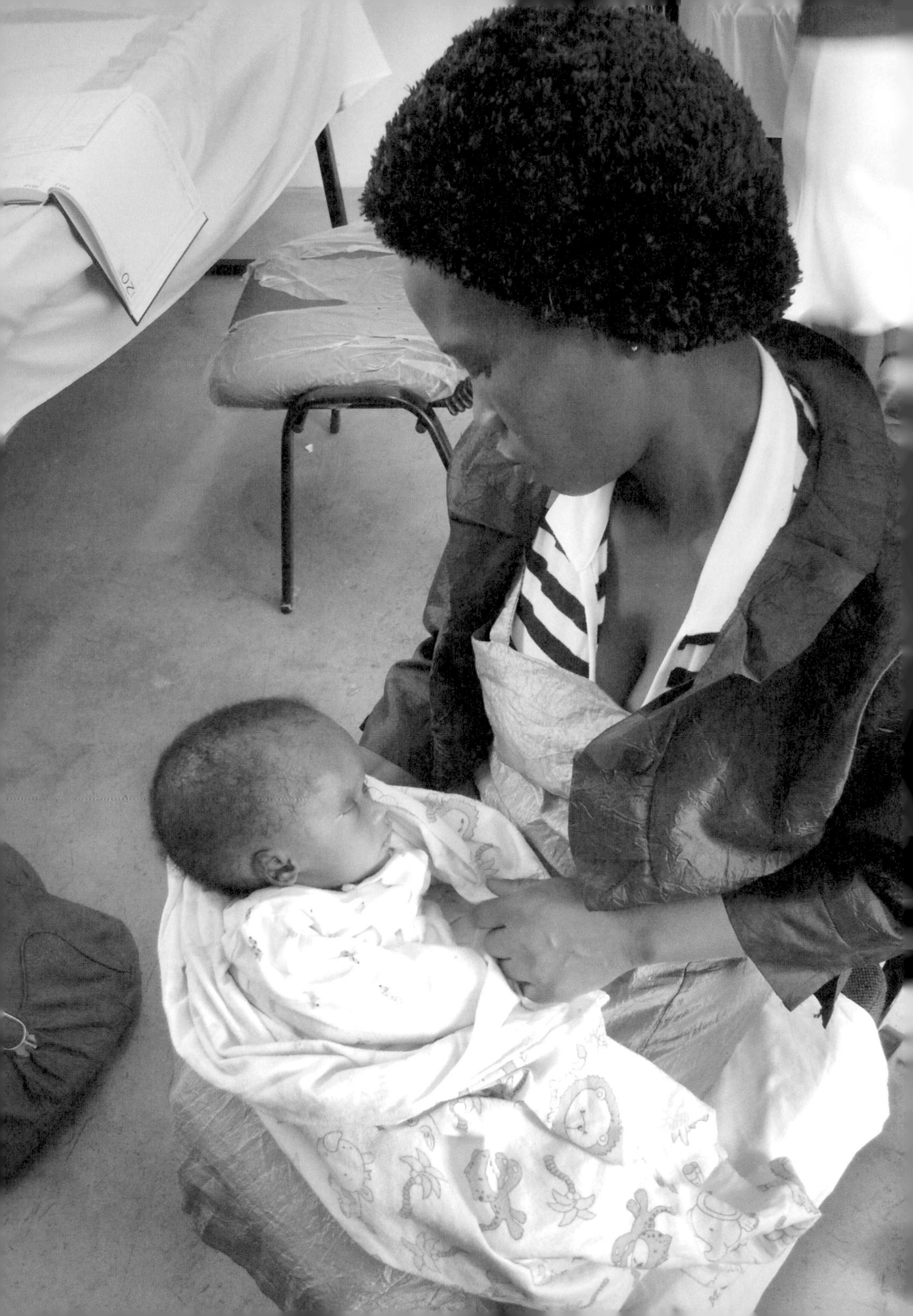

有時比疾病更難招架的，是孩子們的眼神

排隊

排隊掛號，是尋醫者之間一種古老神祕的儀式，而取代號碼牌的，是這些爺爺奶奶們從路旁撿來的石塊、空罐，甚至是啃過的玉米餅與枯枝落葉。慢慢彎腰，他們仔細的計數，像是某個手造的小藝術品般調整每個信物該有的姿態，一列整齊的隊伍便這樣向外延展開來了。

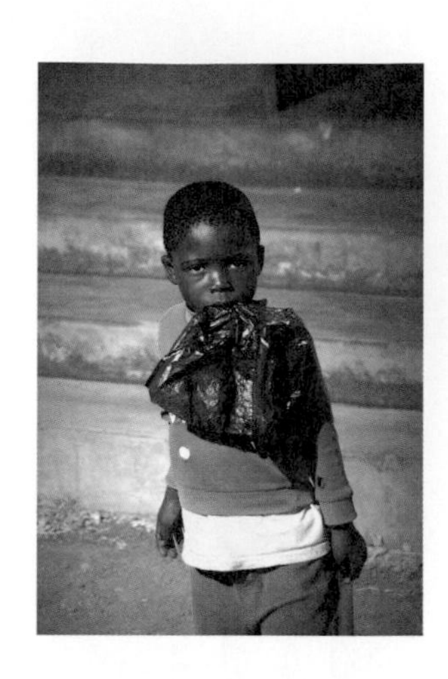

借物是史瓦濟蘭生活的一部分

借物者不需要與原物主有任何相識，也因此借取跟乞討間的界線常存在著一種曖昧的關係。借物者時常不以為意地一邊揮手，一邊放聲吶喊：「嘿，我的朋友，別這樣嘛！我會還你啦！」他們說完後自得其樂地大笑，笑聲帶著些許無奈，卻又無比老練。

但你們都知道，這場借物者與被借者間的遊戲，還將會不斷的繼續下去。

Life is struggle

枯木為柱，碎石為磚，烈陽灼烤著茅草屋頂，吐納出乾燥的氣息。若不是親眼目睹，還以為自己誤闖什麼時光隧道，走入了探索頻道考古節目中的石器時代。離開了舒適的首都來到鄉下地帶，你這才想起來，這的確是個有七成的人民生活在貧窮線以下的國度。

上帝說：「要有光！」就有了光。

我時常在想，非洲大陸也許是最接近上帝的一塊土地了。否則為什麼這裡總是充滿著這麼多能夠撼動人心的光影呢？

沒有什麼比擁有童玩的幸福，更能換取孩子的笑容

女孩手上搖晃的娃娃頭已經有不少髮結鬆開了，圍在娃娃身上的素色布巾也因為多次的拉扯而頻頻脫線，但女孩仍小心翼翼捧著她們生活中的美麗芭比，像是捧著自己心愛的孩子般走入陽光。畢竟，她們曾經如此專注且努力地，在這些人偶身上編織自己小小的夢想啊！

他們才是貨真價實的勇士們

當地的年輕人很快地包圍了你們，有人七嘴八舌地問候你們從何處來，有人熱情的向你解釋自己身上各項配件的意義。一個大你兩三歲的青年興奮地告訴你，他下半身的獸皮裙可是貨真價實的花豹皮，是家中珍貴的傳家寶；他說話時眼神流轉著光，手舞足蹈，彷彿自己也曾參與數十年前那場偉大的狩獵似的。

而孩子們呢，還是一如往常的試圖把小小的臉龐塞進你的觀景窗中，留下青春無敵的笑容。

舞，舞，舞

少女們會在場外列隊，不需樂隊，也沒有任何節奏與指揮，幾個吹哨的女孩隨意起了音，超過三部合聲的當地民謠便從各隊少女間吟唱出來。隸屬不同地區，甚至是不同非洲國家的少女們各自有著獨特的舞步與民謠，扭腰擺臀者、揮舞假刀假斧者，甚至是抬腿轉圈者在場上爭奇鬥豔，一場巨型的非洲嘉年華會就此展開。

慢時光

從醫護人員的工作速度到當地居民的日常生活，史瓦濟蘭的一切似乎都是慢的，像是電影中被刻意拉長時間的分鏡，有著非洲獨有的緩慢，與浪漫。

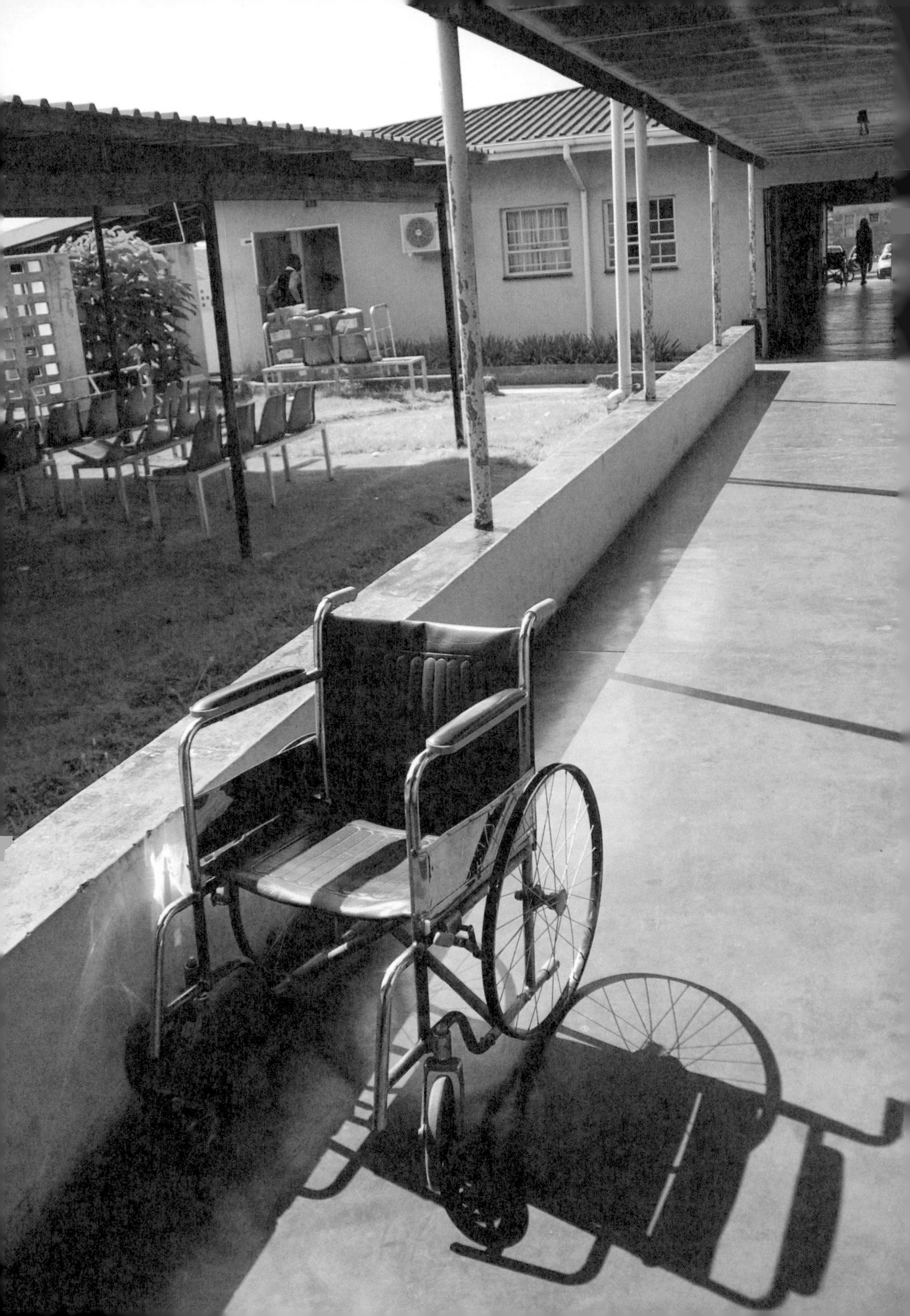

結繩者

女孩們編織草繩的樣子，總會讓你想起開刀房裡的外科醫師；他們的手也是這樣自信而俐落地，在無菌的戰場上打起一個又一個的結。繩結們繼續相互交織盤繞，那些手工藝中心常見的草鞋與餐墊雛形，一一出現在你的眼前。看著她們編織時專注而靈巧的眼神，你想起了詩人鯨向海的筆下那隻努力不懈的蜘蛛，或許這些草繩中的確有些什麼，比幸福更頑強。

她們眼裡的非洲

你喜歡把相機掛在孩子們的頸上，拉著他們小小黑黑的手指按下快門。對他們來說，那也許是一輩子當中少數幾次可以從觀景窗認識世界的機會；即使構圖、曝光與對焦都如此的即興而凌亂，這些孩子眼裡的非洲，卻往往有著最動人的風景。

說再見的方式

經歷過那麼多次義診，最不能習慣的，還是要說再見的時候。有時候他們會揮揮手，有時候互相擊掌，但更多的時候，孩子們只是目送著我們離開。說再見的方式很多，不變的希望是，下次碰面，你們都已經平平安安，健健康康的長大了。

【推薦序】

調慢的時光

黃信恩（醫師、作家）

二〇一二年，我開始在醫院兼起「旅遊醫學」門診，一週一節。多數國人對這特別門診仍陌生，它主要提供旅客醫藥諮詢、疫苗施打等服務。

看診一年下來，常遇見的目的地有印度、柬埔寨、緬甸、非洲、南美等。其中非洲最繁瑣。有時，瘧疾、黃熱病、流行性腦脊髓膜炎、A型肝炎、破傷風等預防用藥或疫苗全用上。

「為什麼去奈及利亞？」我問。

「公司出差。」旅客A答。

「怎麼會到那裡出差？」我感到疑惑。

「現在很多台商都到奈及利亞。」A說。

每當碰見欲踏跡非洲的旅客，除了固定詢問出訪目的，我總會探問一些醫學以外的事，或許出於一種好奇。那些故事有經商、旅行、義工、探親、移民等，我聽著，也佩服著，畢竟想到水源、蚊蟲、拉撒睡等細節，就覺得不安。

在診間我能說的僅只於預防上的，非洲之於我，仍是抽象的。如今，有幸先拜讀殷小夢的《尋醫者》，彷彿有層膜被撕開，我略有了非洲概念。

《尋醫者》分四輯，輯一以實習醫師的角度書寫醫院生活，輯二點出史瓦濟蘭的醫療困境，輯三、四則紀寫史瓦濟蘭的人文生活。全書以「航海」為意象，勾勒尋醫的「航程」。

書中有篇文章題為〈被調慢的時光〉，敘述史瓦濟蘭醫療簡陋、無效率。但我以為，「調慢的時光」是本書的另一軸線：有那麼一座世界，時間感模糊了，淡了，慢了，甚至趕不上地球自轉，倒轉而去。

那就是殷小夢筆下的史瓦濟蘭：燒傷病患可以一週才換三次藥（在台灣會被投訴）、

檢體可以遺失或錯發報告（在台灣會被媒體放上頭條）、開刀房可以停水（天啊，要怎麼刷手？）、護士可以罷工抗議讓病房鬧空城（在台灣會被輿論撻伐）。

史瓦濟蘭有許多醫療怪象（或說台灣已不復見），有許多以歐美為基礎的教科書上不會告訴你的醫療面目，有高比例的愛滋病患，有文獻上才出現的罕見先天異常，也有每月上演數次因睪丸扭轉而切除的案例。

表面上，史瓦濟蘭時差慢台灣六小時。但實質上，它慢的是制度流程，以及一整段醫療演進史的慢。

既慢，且漫。

然而醫學本身是快的，每隔幾年，醫學用書就改版一次。即使如此，還是趕不上時代變化。於是，我很熟悉每隔一段時間，就聽見身邊某某醫師出國深造、發表最新研究。

因此對照那些飛往日本、美國、德國的航線，「飛往史瓦濟蘭」的這事本身就是一種慢——回到過去的那種慢。但，也唯有這種慢，讓人懂得知足，找回久違的體貼。《尋醫者》就時而可見那樣的憐憫，在字裡行間流轉著。比方作者看待以面具換錶的老闆娘、在醫院陪女兒長期抗戰的MAMA等。

此外，還有一種慢，也在《尋醫者》出現。那是數饅頭的實習日子。

隨著「輯一、星圖下的白衣水手們」，我感到時光倒轉，回到七年前，當我還是一個實習醫師的光景。

我也曾被叫醫生叔叔（甚至醫生阿伯，所以殷小夢別太難過）；也曾推床，在凌晨三點推病人去急做電腦斷層；也曾經驗幻聽，神經兮兮地以為手機鈴又響，卻什麼來電紀錄都沒有……殷小夢的許多故事，都曾在我生命裡發生過。原來這些喜怒愛憎，會在每一屆的實習醫師間承襲，成為集體記憶，卻也踏踏實實。我發現許多醫師日後的回憶，竟多是短短一年的實習，那是最鮮明，也最純真的；最短，也最長的，一景一幕將在記憶裡被調慢，成為永恆。

殷小夢喜歡以「你」當作行文的主詞。「你」其實就是作者本人，那是一種清醒的距離，反芻日子的方式。關於史瓦濟蘭的描寫，我以為最迷人之處是「人」。許多時候，旅途中最具碰撞能量的不是風景，而是人。或許因為殷小夢的特殊身分，他有很多機會接觸到當地人。因此他寫病人、保全、傳教士、小販、湊車男孩、囚犯、公主等，讓史瓦濟蘭有血有肉，不單只是疾病、貧窮與落後。小百姓、小舉動，生活有滋有味，枯乾的地土竟也能長成富饒的故事，彷彿非洲也有「豐足」的一面。

《尋醫者》讓我重溫瑣碎的實習光影，也探索一個未曾目睹的醫療環境——這裡醫學美容、自費昂貴檢查皆遠矣，只有回歸醫病初衷。我想殷小夢身上，一定流著某些探險家的血液。那是可貴的，這樣抱持熱度的感官，往往能捕捉最清新的膚觸。於是你能看見那種能量，不論旅途或醫途，旅客或實習醫師。

偶爾把時光調慢，循著《尋醫者》，細細體驗非洲節奏，這裡有熱也有冷，但卻能在粗獷的非洲遇見吞忍與節制，這是島嶼上漸漸被遺忘的慢時光。

目錄

輯二、如果航道上面沒有光

輯三、島與島間，小人物誌

輯四、Into the wild

輯一、

星圖下的白衣水手們

在急救間

脫下手套的瞬間，全身的痠痛就這樣爆發出來，雙手彷彿剛從泳池衝刺完蝶式上岸，幾乎要無法動彈。你把厚厚的木門拉開一小縫，側身鑽出，低頭穿越家屬們幽幽的哭聲。忍不住回頭再看一眼，門縫裡剛剛壓胸急救的患者，護士們正小心的拆卸他身上的眾多管線與監測器，像是拆卸著他與這個世界最後的連結。門縫很快被闔起，你頹坐回工作站，深吸一口氣，繼續伸手拿下新的病歷。

那是急救間，一個上帝在拉上門之後，時常會忘了要開啟另一扇窗的地方。

彷若隱匿的密室，急救間坐落在整個急診室的最後方角落，盡可能的不引起任何人的注意。在急診室分級的各區當中，急救間是張低調的王牌，守著你們與死神對陣時，最後的隘勇線。電話通知有如警鐘，多在患者到院前不久敲響急診室的工作站；而無論是白日或清晨，現場候診的病人爆滿或門可羅雀，你們都得再次擠出所剩無多的腎上腺素，穿上白色的鎧甲步入戰場。

厚重的木門被迅速拉開，病人推了進來。長袍中的主治醫生宛如奇幻小說裡領軍的巫師，以各種管路取代了魔杖，將神祕的咒語不絕地從口中召喚出來。「跳VT，200焦耳準備！」「Bosmin打一支！CPR停一下，來，插管！」他的聲音平靜而堅定，率先擊退了空氣中瀰漫的恐懼與不安。你與多位護理人員隨號令不斷更迭動作，或者置放管路，或者打入不同顏色的藥劑，面對死亡與疫病的大軍壓陣，你彷彿可以聽見短兵相接的刀刃聲，也看見了空中飛散的符咒與火花。當病人的血壓與心跳終於回復到平穩的狀態，你們方才鬆了一口氣；主治醫師拉下口罩交代剩餘的指令，率先走出了房間，留下實習醫師與幾位護理人員安靜地進行最後的安頓。面對戰後的沙場，即便是這樣振奮人心的時刻，急救間裡的激情與感動仍必須是收斂的。

急救間偶爾會闖入一些不速之客，他們試圖帶來新的儀式與咒語，期待這個神祕的祭壇可以將淡去的靈魂重新召喚回來。這些人大多是心急如焚的家屬，甚至是家屬請託而來的地方人士，唯一的共同點，便是用難以辨識的嘶吼或哭喊來修正你們的處置。有的堅信「純手工」的急救比機器更尊重患者，強力要求醫療人員撤除自動心肺復甦機，並用雙手按壓直到急救結束；有的堅持要觀看整個急救過程，卻在每個管路放置的時刻放聲哭喊，幾乎要震破耳膜……二十分鐘，二十五分鐘，空氣裡凝結著一種無奈的對峙，而你繼續默默的在一壓一放間倒數計時。當三十分鐘的急救時間終了，家屬總會立刻撞開你的肩膀衝向病床；有人抱著死者痛哭，有人拿著佛珠對著耳邊細語，汗水淋漓的你彷彿人形的空氣站在床邊，靜靜觀看著他們執行完儀式最後的細節，直到病人蓋上白布離去。

曾幾何時，急救間竟也成了你們暫時的庇護所。那是某次大夜班的凌晨，你們正在忙於搶救一位急性心肌梗塞的患者，忽然門外傳來一陣混亂的推擠與爭吵聲，而中年男子的呼喊破門而來，像星焰般點燃了你心中的怒火：「X你媽，剛剛看我的醫生給我出來啊！我要打針啊！還要我等多久啊！啊……」他們是喝得爛醉的止痛藥成癮者，是急診室最忠實也最難纏的常客。扭打聲與玻璃的碎裂聲緊接而來，而你的動作未停，汗水持續滴落，浸濕肋骨清脆的斷裂聲。兩個見習的護專生開門躲了進來，木門拉起的瞬間，你忽然感到無比安心；整個急診室內，大概沒有比這裡更安全的地方了吧！你與學長面面相覷，疲憊眼神裡笑得那樣無奈，卻又那樣苦。

脫下口罩，你忽然感到瞬間的暈眩感。現在是幾點呢？自己在裡面待了多久？天花板的米色光線溫暖亮著，你知道這個全醫院唯一永晝的房間，還會繼續的替每個走在生死邊緣的人們點燈下去。再次拉開厚重的木門，工作站嘈雜的交班聲排山倒海的淹沒而來，你抬頭望向遠方，急診大門已被曙光漆上黃澄澄的顏色。原來，已經是新的一日了。

在值班室

病房長廊漆黑一片，你沿著拖鞋孱弱的回音跋涉，而遠方微光漸明；推開房門，你覺得自己像是沙漠中即將乾涸的流水，遷徙過那樣遙遠的路，終於遇見了湖泊。

是的，你回到值班室了。

值班室可說是實習醫師在各科間遊牧時，最神祕的庇護所。巨大的疲憊在此得到救贖，許多人關起門後，就像過了午夜的仙杜瑞拉，變回了最原始的模樣。只是臭襪子取代了玻璃鞋，四射的髒話嚇走了王子；你們一邊扒飯一邊交換各科的最新八卦，你們在壁紙斑駁的牆上留下各種生存手札：如何在焦頭爛額之際吃到晚餐、病人的心律跳出何種舞步時就得做好急救準備……但其實更多的夜晚，你們大都疲憊得只能在夢境片段裡相會，交換彼此的日記。

值班室往往也是醫師執業生涯中，最容易失眠的居所。高燒像是焚風，心悸像是暴雨，搭著各種手機鈴聲破空而來，將我們睡意飽滿的果實一一射落。戰場從白晝延展至深夜，敵方已殺到眼前，你們當然也得離開堡壘，披上白色盔甲，快速趕至前方戰鬥了。大多數的夜晚，擅長替病人守夜的你們，總是沒能成功守住自己的夢。

無論是口耳相傳或學長們留下的文本，值班室裡存在許多迷信與禁忌。你們堅決不喝「芒」果汁以免操忙過度，你們不吃鴨胸飯以求今晚沒有需要「壓胸」（指心肺復甦術）的病患；謠傳病房的厄運總是會透過一個拍肩或共枕傳播，「嘿，那是XXX白天躺過的床喔！你睡下去要小心！」那種半開玩笑式的恐嚇，彷彿即使對方下班了，忙碌的幽靈依舊會鎮守床頭，久久不肯離去似的。在凌晨三四點，眾神皆睡去的時刻，疲憊的實習醫師歸來，此時下鋪皆已睡滿，你們吃力拉著扶梯向上攀爬，雙手顫動宛如峭壁上的攀岩者；這時候你們轉頭低語，試圖告訴那些厄運與晦氣：別再上來了，這裡已是一切的峰頂。

每當推車的輪框嘎啦嘎啦壓過長廊，你知道，漫長的值班又到了尾聲。一群中年婦女推門進來，她們總是帶著微笑將大家一一喚醒，她們拾穗般撿起散落滿地的工作服與咖啡罐；打包好垃圾桶內的廢紙與口罩，昨夜那些惱人的藥單與咳咳喘喘，彷彿就這麼隨著她們皺褶的手掌遠去了。一位阿姨曾經帶你參觀她們的值班室，那是一個位於醫院邊陲，悶熱無風，消毒水與舊拖把氣味如歌瀰漫的角落；你們坐在矮板凳上，她指著一張高中女孩的相片開心的說：「我女兒啦！今年要當你們學妹了，以後就可以睡你們那種房間，不用像我一樣了喔！」

你的汗水涔涔而下，忽然間明白值班的日子將不會那麼快的終結。為了你們所愛的人與愛你們的人，為了眾多的期盼與欲望，在生命裡各個過渡的值班室間，你們將會不斷、不斷的遷居下去。

在地下街

電梯向下。醫院電梯裡的二氧化碳在中午總是過飽和的。兩位大嬸對於外籍看護的抱怨在狹小的空間飛射，你的白袍輕抵著隔壁大哥手臂的刺青，默數遞減中樓層數，恨不得它像自由落體般快速墜下。「地下一樓到了。」鐵板燒的油煙、水果攤的叫賣聲與咖啡香氣終於撐開電梯大門，你隨人群魚貫而出，站在熟悉的地下街口，感到微微暈眩起來。

蜿蜒過醫院底層，地下街像承載著各種悲喜與辛愁的河流，在各棟大樓的角落沖積出風景。清晨曙光微微亮時，麥當勞叔叔已露出不老的微笑，用薯餅與蛋堡迎接來此交班的疲憊意志；對面小小的傳統理髮廳總是忙碌著，從頭部手術開刀前的患者到陪著老伴長駐病房的爺爺，剪刀恣意開闔，彷彿可以把那些煩憂也剪落一地。拐個彎，書店神祕的小空間鑲在牆裡，壁壘分明的原文書牆與小說矮櫃前，醫學生與家屬彼此苦惱不已者，往往是病床上的同一人。再往前走，玻璃窗串連起喧囂與每個人心裡裸露的食欲，美食區以一種令人熟悉的夜市姿態，在地下街圍出病痛與哀愁之外的桃花源。

對總是忙得焦頭爛額的醫護人員來說，能來到這裡的確會有種走入桃花源的幸福感覺；而位於門口的一小塊員工用餐區，更是你們在每日的驚濤駭浪中，最溫暖的港灣。交換苦笑與鳥事，交換奇怪的病歷與手術過程，那些一邊啃著雞腿一邊比畫著怎樣置換膝關節，或是一面夾起滷味中的雞心一面討論是哪條血管梗塞的有趣情景，也大概只有在這裡會出現了。但員工用餐區畢竟不是聖母院般的庇護所，宛如鳴笛的手機鈴聲在空氣中起落，好不容易獲得喘息的白衣水手們也只能丟下還溫熱的餐食，抓起聽診器與白袍出港遠航了。下一次靠岸會是什麼時候，你們總是不敢想的。

美食區裡最受歡迎的，要算是角落的兩家鮮魚湯專賣店。陪病的家屬、藍衣的看護到累壞的護理師們總會在這裡大排長龍，聽著戴紅帽子的大哥高聲叫賣：「小姐啊，這鱸魚湯最鮮了，開刀完喝這個最好啦！」「辛苦了喔，醫生，這魚肚粥不錯喔，要不要來一碗？」碎冰上靜躺的一對對魚眼都鮮亮起來，彷彿隨意挑幾條吃吃補補，那些病痛都真的可以痊癒了。同樣人潮洶湧的還有不遠處的素食自助餐，除了真正的素食者外，還有著更多許願與還願的人們、因為近日值班運氣太糟而想消消晦氣的醫生……青菜五穀本無念，只是在醫院裡每口下嚥，卻又總有著千百種難以言喻的滋味。

你時常在冰店的前方看見圍坐的見習護理生，三五成群剛從病房或開刀房上完課下來，豆花或水果冰取代了正餐，青春無敵的談話聲卻總是反覆著相似的劇情：「唉呀！今天太早起了又來不及化妝……」「妳擔心什麼啦！我最近一直變胖臉都圓了……」說著說著拿起一旁的果汁牛奶又開始大口的吸，幾小時前還在幫病人衛教少喝含糖飲料的種種，大概早已忘得一乾二淨了吧！你想起多年前做完動物實驗的午後，自己也曾與幾位推甄申請的同學坐在這裡，無憂無慮的談論進入醫學系後的種種夢想。那些說過的話有的早已想不起來，有些正安靜地實踐，卻有更多像當時手中色彩繽紛的明治冰淇淋，不知不覺地融化了。

你最喜歡的，還是午夜的地下街，那大約是凌晨的一點到兩點間，病房裡的一切大抵安頓妥當的時刻。地下街化身為一條神祕的甬道，傳送著你往返兩個不同的房間。踩著長廊上微亮的光行走，你任憑值班的膠鞋在地板上磨出各種節奏，享受著這一個人的獨舞時刻。花店裡的向日葵與百合都沉睡了，牛肉麵攤滾動的蒸氣消失得一乾二淨，只有徹夜未眠的超商還甦醒著。你走進去點一杯咖啡，撕下來的集點貼紙像是日曆，還剩下四格，而集滿時你將兌換禮物，同時兌換新的實習去處。走回宿舍的玻璃門口，地下街在身後安安靜靜，像一隻習慣等待的獸；它知道梳洗後的你終要歸來，它知道在曙光來臨之前還要載著你回到病房，終結那場未達盡頭的戰鬥。

在圖書館

你頹坐在閱報區的沙發上，身體後傾，讓所有白日的疲憊與惡魔都深陷進去。在進入漫長的值班夜晚前，不這樣不行，一日將盡的醫院生活就像台過熱的電腦，需要按下reset鍵才得以復活。隔著紙縫望去，那群見習完的學弟妹嘻笑走來，興奮談論著下班後的去處：新堀江好還是西子灣好呢？幾位讀書者抬起頭來怒視著喧囂的來源，而他們只是渾然不覺地推開圖書館的柵門，輕盈的腳步聲在長廊上愈走愈遠，留下淺淺的回音。

醫院的圖書館像是小說中消失的密室般，低調蹲踞在大樓深遠的角落。每日的醫院生活中，時常可以看見白袍成群在鄰近的會議廳來回遷徙，緊張的步履、凌亂的簽字與極具催眠效果的演說，大部分的醫師總是來過又走，能夠於白日的空閒再向前幾步踏入圖書館者，是少數中的少數。也因此圖書館內大多維持著一種空曠清冷的莊嚴氣氛：新的期刊各自掛上獨特的封面，在架上無聲地交換知識；千百本原文的教科書靜列成隊，宛如醫學古老的殿堂中，最堅貞的守衛。只有人文醫學的叢書則自成一個熱鬧的聚落，從醫學史到倫理學，從同理心的訓練到實踐後的敘事……醫病關係緊張的現代社會間接導致了這裡的百家爭鳴，有人爭相把相片烙上書封以期成為後輩的典範，卻有更多無名的醫者將自己隱匿在成串的統計數字中，微微蘊著光。

然而這些都不是你最鍾愛的角落。沿著中央樓梯拾級而上，再向右慢行至幽暗的書架盡頭，那裡是非醫學類書籍的祕密基地。大部分的藏書多為讀者或作者捐贈而來，數量雖少，卻是你在忙亂的醫院生活之中，重要的精神食糧。醫師詩人江自得的系列詩集、世界旅行文學到手塚治虫的漫畫……許多書因為年代久遠皆脫頁或泛黃，卻不影響你閱讀的興致。在許多病房留守而精疲力竭的傍晚，你會找個靠窗的座位坐下，靜靜讀著那些在世界各地行腳的旅記，彷彿身上的白袍可以化作翅羽帶你穿窗而出，逃離巨塔最深邃之處。

有一群特別的人總是比你更常出沒在圖書館中。身著白色短袍，手中握著凌亂的板夾與書籍，他們是醫院裡見習的學弟妹們；由於尚未被分配第一線照護病人的工作，若遇到自顧不暇的學長姊或比較冷門的科別，除了時常扮演著「零床」醫師的角色外，老師口中要求的「Total care」病人也只好變成「偷偷care」病人。忙碌慌亂的護理站中大多沒有見習醫師可以落腳的位置，他們也只好像是流浪的吉普賽人般，默默來到圖書館尋求庇護了。

某次一個五年級的學弟與你同桌，一手握筆一手輕放在厚重的教科書上，雙眼卻已迷濛而隨頭擺盪，原來是早就找周公對弈去了；你忽然想起兩年前那個同樣在圖書館內打盹的少年，想起他在醫學這條濃霧滿布的道路上摸索向前的樣子，忽然一陣急促的鈴聲響起，同時將你們拉回現實世界的桌面：「殷醫師，新病人又來啦！快回病房來接喔！」

你嘆一口氣，起身快速朝圖書館大門走去；而身後的學弟揉了揉雙眼，陽光斜斜照在閱覽桌上，把剩餘的午夢漸漸驅散殆盡。

在開刀房

1.

「嗶嗶！」

位於走廊邊一扇不起眼的小門「喀」的一聲彈開，你收起卡片，快步朝著有光的地方走去；鐵門像一面巨大的吸音棉，長廊上的喧囂與廣播聲，人流與切窗而過的陽光，隨著反鎖的聲響瞬間被隔離在外。沒有誰注意到你的消失，你像是電影中回到總部的神祕情報員，走入了一個世界不曾，也不會注意到的密室裡。

這裡是開刀房，一個醫者們與疫病及魔鬼交手時，最後的聖堂。

偌大的更衣間裡不到上午八點半已熱鬧非凡，你總是一邊套上綠色工作服與口罩，一邊豎耳靜聽昨夜精采的戰事，「……真是衰爆了，病房病人都還沒接完，忽然來一台aortic dissection（主動脈剝離），就開到天亮了……」「……彼此彼此啦，我昨天下午進來，還不是現在才出來……」各類手術的畫面在空氣間四射交會，你彷彿置身華山峰頂，看著來自各方的高手們論劍過招，恨不得自己能早日參透其中的一招半式。

手術室間的走廊構築成巨大迷宮，病床匆忙來去其間，推送著生死，銀色的鐵門四處開闔，各房裡隱隱傳來忙亂的聲音，使人迷眩，彷彿置身於另一次元的空間。記得剛來到開刀房的前幾天時常走失，不得不站在角落對著地圖冒汗的時候，手機總又不適時地響起：「學弟，跑去哪裡啊！要上刀了還不進來？」硬著頭皮問著同樣焦頭爛額的護士學姊們，胡亂走了一陣，雙腳才踏到手術室門邊，那吼聲又來了：「快刷手啊！刀都要下了還沒進來！」

把新的刷子抓入掌心，碘液上手，外科醫師手術前最神聖的儀式便開始了。刷毛硬刺的觸感從指尖傳來，沿著手心手背到手肘後方刷洗出土黃色的無菌區域；踏板踩下，冰涼的水柱順著指縫沖去碘液，同時沖去所有心中的不安與恐懼。指尖朝上，保持無菌的雙手不與任何物品接觸，外科醫師就這樣以一種向天默禱的姿態走入手術室。著上綠色的手術服，乳膠手套在套入手腕時發出清脆聲響，一切武裝完成的外科醫師，已準備好走入今日的戰場。

2.

學長常說，有機會上刀跟著某些神乎其技的醫師學習，就像演唱會時站在搖滾區般享受。影集裡似乎也是這樣描繪外科醫師的：手術台上閃耀著光芒，握著刀柄與針線的指尖翩翩起舞，搭配背景壯闊的交響樂合奏，簡直就是某種視覺藝術的展演。也因此你在外科實習期間，特別期待每週的開刀日到來；即使沒辦法成為第一或第二助手，你也總會像個小孩般拿著板凳踮起腳尖，想辦法跟在主刀醫師的身後站上一整天。

在整形外科實習時恰好遭遇一次血管接合的手術，透過顯微鏡有限的視野，你屏息看著主治醫師握著小鑷子的手指翻轉，自在起落於血管兩端，那些比蟻鬚更微小的針線輕輕穿過管壁，緩緩拉起，轉身，像花式溜冰場上的選手們，終於穩穩落地，帶著笑容繼續向前滑去。那是多少次的摔跌與眼淚後，才能完美的動作呢？你想起袖珍博物館裡，那些花上數年才得以刻劃完成的餐具與刺繡，心中不禁為了方才所見而微微震動起來。

意念飛躍之際，那條如斷裂筆芯的小血管已從一片紅海中，漸漸被吻合成原本的樣貌；血液開通，本已要宣告死去的組織終於有了重生後的色澤。你幾乎要從口中喝采出來時，主治醫師只是安靜地移動顯微鏡，臉上沒有任何開心鬆懈的表情。原來，那只是今天要接合的眾多血管中的一條；你偷瞥了一下牆上的時間，再過半個多小時你便可以告退回病房繼續夜間的值班，但他孤獨的刀鋒卻必須持續守護這張神聖的手術台，直至東方既白。

3.

獨自站在窗前或樓頂，閉起雙眼，雙手在星空或晨光下模擬著不久後的手術步驟……日劇的外科醫師是這樣出場的，鏡頭聚焦在這些手持針線的巨人背側，讓遠方光芒自然裁出一種神聖的剪影。其實，那些開刀房裡令人挫敗的日常，那些始終不曾入鏡的酸苦，其實才是一個外科醫師的修練生涯中，最值得被記下的一部分。

如同進入少林寺的習武之人得從挑水掃地做起，來到開刀房的你們同樣也要從基本的拉鉤、剪線磨練外科的基本技能。手持線剪的角度、如何建立主刀者最佳的視野……在一些較複雜的手術過程，你們一站往往就是五六個小時，如果前天恰好又遇上值班的一夜未眠，忍不住恍神而被主刀醫師責罵的故事時有所聞。你也曾聽聞同學在縫合時因為速度過慢，被麻醉護士提早把病人放醒，只能驚險地在起伏不已的腹部上勉強完成；有些脾氣甚大的外科醫師，甚至在開刀房裡以傳說中的「小李飛刀」聞名於實習醫師界……這些受訓過程中必經的修羅場，也成為每位外科醫師在獨當一面前，身心最艱鉅的考驗。

在這些看似每日千篇一律的基本動作中，往往暗藏許多眉角；如果幸運遇到熱愛教學的主治醫師，開刀房一日下來便能功力大增，頗有任督二脈皆被打通之感。除此之外，許多資深的刷手護士或外科助手更是以少林寺中掃地僧般的神祕角色存在於開刀房中。少去了外科醫師的光環與霸氣，他們卻在日復一日的刀房戰場上，磨練出驚人的武藝。還記得某晚的一次急診刀，主刀醫師正滿頭大汗地在一片血海中尋找腫瘤，而外助大姊臉不紅氣不喘，一派悠哉的在前方清理出視野，像是在礦區工人手上那盞老舊卻明亮的煤油燈，引領著你們走向最後的出口。摘下病灶後，主刀醫師吐了口長長的氣轉過頭來對你說：「學弟啊，想當年我還是總醫師的時候，都是黃姊教我開的啊！好好學著點！」黃姊微微笑了一下，只是忙著叫喊器械，還是那樣低調。

那台刀結束前，你跟著黃姊一針一針地完成生平第一次的縫合。至今你還記得口罩後方，黃姊帶著細細皺紋卻令人安心的眼神，還記得那細長的手指在眼前慢慢轉動持針器，打結，再轉過來將器械交付在你手中的畫面。那裡頭似乎包裹著她在開刀房裡所經歷的青春歲月，連同那些古老而不朽的技藝，一起傳到了你的手中。

4.

中午手術間的空檔，你沿著螺旋梯快步向上走回更衣間，休息區癱坐著兩個疲倦的中年男子正閉目養神；桌上的咖啡已經涼了，餅乾屑像是被轟炸過似的散落桌面。你一直都記得那又酸又苦的黑色液體入喉的味道，以及少少幾片便能填飽肚子的消化餅，在開刀房裡，外科醫師們也只有在這裡得以稍微喘息、復甦。你這天恰好沒什麼食欲，打算也坐下來隨便喝杯咖啡、吃幾片餅乾便解決過去，卻被迎面走來的學長阻止了：「還是去餐廳吃完再回來吧，這樣長期下去小心胃潰瘍啊！」他笑笑著說，眉間卻充滿咖啡般的笑意，接著自己也伸手倒了一杯。

也許是因為隔天放假，下午的手術僅有平常日的一半，今天的開刀房走道異常安靜，只有你塑膠鞋摩擦地面的聲響與手術室裡的嗶嗶聲交錯，形成微妙的節奏。忽然之間，有陣奇怪的聲響從一旁的庫房傳來，你好奇地停下腳步，豎起耳朵走了進去。

是鼾聲？

那是一間早已停用的手術室，如今用來囤放各項老舊待修的設備與機器。你穿過兩旁已積上塵灰的麻醉機，踮著腳尖走至房間角落。鋪滿舊手術衣的隔板上躺的是同科的總醫師，在連續值班與上刀的週五午後，疲憊的他終於在開刀房的角落倒了下來。你記得手術時的他明明是個比你高一個頭，似乎怎麼開刀都不會累的壯漢，此時躺在幽暗的角落時，卻不知為何變得好瘦好小。你不敢發出多餘的聲響，踮著腳尖又默默的走了出來，快步回到手術室。學長從電腦前轉過頭，對你說：「學弟，等一下你要刷手喔！」

病人又推進房間，刺亮的手術燈打開，你瞇著眼，感覺到剛剛喝下的咖啡，已經開始在胃袋裡翻攪了。

變成大叔以後

「醫生叔叔，又有新的baby來啦！快來嬰兒室幫忙喔！」

值班的時候總會接到各式各樣的電話，有的是病人夜半失眠，把你從熟睡中喚醒，頂著搖搖晃晃的意識，你們還是得走進病房與護理站，分送他們一些美好的夢境；有的是要幫忙急救，通話一般不會超過十秒，腎上腺素的針劑彷彿跟著鈴聲一起打入身體，比咖啡因更能使人瞬間清醒……各種千奇百怪的狀況層出不窮，然而最令人傷感的甦醒，莫過於每個兒科值班時被護士學姊們召喚，從男孩變成大叔的時刻。

剛脫離校園生活不久的實習或見習醫師們，往往是整個醫療體系中最稚嫩的一群。

男同學生日時在交誼廳一邊喝酒一邊阿魯巴的光景，期中考在圖書館內熬夜苦讀的畫面，都像是幾天前才發生的事；跟著山地服務隊離開部落時，孩子們跨坐學校圍牆大力揮手，一邊吶喊著：「大哥哥拜拜，下次要快點回來唷！」的回音，彷彿還在耳邊迴盪著。但每每披上白袍走入醫院的兒童大樓，看著孩子們躲在父母身後朝你張望的眼神，你知道，有什麼已經悄悄改變了。

同樣是叔字輩的，「醫生叔叔」在小朋友心中的地位卻差「麥當勞叔叔」差得遠了。常常才剛拉開病床的布簾，還沒拿出壓舌板或筆燈，震耳的啼哭就已排山倒海而來；如果需要縫合或放置管路，幫忙壓制小朋友的實習醫師們更瞬間成為孩子們的公敵。大豆般的淚水後方是一雙雙充滿恐懼與厭惡的眼睛，好不容易結束了治療，父母通常又會順勢補上一句：「回去之後要乖乖的喔！不乖下次再帶你來找醫生叔叔，知不知道！」此時你才恍然大悟，白衣天使早已收起了翅膀，而那些童話故事裡的大野狼或虎姑婆，原來皆為你的同行。

眾人皆怕老，你們也不例外，看多了生老病死的現場之後，與年歲相關的頭銜改變對於還在悼念青春期的你們，更顯得敏感。男孩終究要長大，變成大叔以後，大家似乎皆有一套獨門的返老還童祕術，試著重新搭建與孩童間的橋梁，也試著讓自己回到那遙遠的純真年代。有人研究起從未看過的卡通，只為了在病床邊的簡短言談時，成為孩子們的喜羊羊或派大星；有人把小布偶或可愛吊飾帶入病房，趁著一顆顆大眼睛驚奇發愣的片刻，快速做完身體檢查。或許是自己兒時特愛蒐藏貼紙，各類色彩斑斕的卡通圖貼便成了你與孩子們溝通時的祕密武器。看著倔強的他們終於勉為其難地從嘟嘴到張嘴，眼淚呼之欲出，卻又終於破涕為笑的伸手摘取一張張發亮的卡通人物，總會令你想起國小時與同學們擠在小商店前，交換新貼紙的美好時光。原來那樣單純的快樂，在多年之後，還可以在生活中再度重逢。

變成大叔以後，感到心中有些什麼正漸漸變得強壯，卻也有些什麼漸漸凋落著。你開始自動將來自護理站的電話分門別類，不再為了常規的X光與抽血報告而心驚膽戰，為了普通咳嗽流鼻水等抱怨衝至病房的情況也愈來愈少；你開始熟悉用怎樣的微笑或皺眉傾聽可以安撫家長，怎樣的情況不需多加考慮便得直接向上呈報。忙碌起來時，會像老人般開始遺忘孩童的名字，取而代之的是好記的床號與數字；電子系統中的病歷範本愈建愈多，點擊數下便能輕鬆把相似病況複寫一次。某些焦頭爛額的時刻你甚至會感到混亂，彷彿自己的動作與反應也都被牢牢制約住，成為了範本的一部分。

變成大叔以後，學會如何把情緒與眼淚蘊斂起來。在急診室遇見破口大罵：「搞什麼嘛！急診為什麼要等！」的父母，小朋友卻只是一般感冒發燒時，要懂得撫平胸前方剛的血氣與怒火；當孩子罹患白血病的媽媽焦急問你：「醫生，這個病會不會好？」的時候，要克制每個果斷回答的意念，並在解釋時與潰堤的淚腺保持距離。某個值班的夜晚，那位受虐而遍體鱗傷的男孩終於脫離險境回到一般病房，你把聽診器輕輕放在他的胸口，撲通撲通的心跳奮力傳來，開心激動之餘，忽然一隻小小的手朝你撥抓過來，握住聽診器上的食指；你就這樣讓他握著，感受那迷你但溫暖的手溫，忽然好想就這樣陪著他直到睡著，陪他度過這不知第幾個醫院裡的漫漫長夜。

你終究還是鬆開了他的手，你知道你不能逗留；走回燈火通明的護理站，成堆的病歷夾堆疊在電腦前方，這個夜晚的戰事才剛要悄悄開始。而大叔只會愈來愈老，愈來愈容易忘卻人物與故事，但你會記得，有個剛披上白袍，不斷為了病人燃起熱血的男孩，還一直守在心的深處。

推床

加護病房的大門一關，你的心跳便不自覺地加速起來。那些維持生命的巨大機械已經遠去了，你一手擠壓著氣囊，看著老先生的胸廓隨著你的掌心起伏，心中暗自禱告這一路能夠平安。焦慮的家屬在病床旁捻著佛珠，護士拉著床尾快速前進，凌晨兩點的長廊上，只剩下床輪還滾壓過無聲的夜，嘎啦嘎啦地朝著檢查室移動著。

推床對於醫院工作最底層的實習醫師來說，是再熟悉不過的工作了。戴上手套，確認身上的管路與生命監測器，往返於各檢查室間的旅行就此展開。有些檢查遠在另一棟大樓，你們必須穿越人潮洶湧的急診大廳，狹長的走廊兩側總是塞滿病床，加上快速流動的醫護人員與家屬，如果不隨時大聲指揮眾人移動腳步或床位，根本難以通行。急診推床換床的速度極快，你每每穿梭其間，總會想起印度旅行時紛亂的大街；那樣大小車群喇叭齊放，人與牲畜駢肩雜遝的場景，不知曾幾何時也成了台灣急診室的最佳寫照。

需要被推床的病患各有故事，雖然對你們來說大多只是一種責任性的勞動，但在短短交會的過程中，偶爾還是會擦出小小火花。從加護病房出來檢查的許多患者像是畫裡的靜物，他們大多插著管，四肢無法動彈，意識時好時壞，偶爾聽見外頭對他們的大聲呼喚，才能做出一些簡單反應。此類推床往往較為單純，只要維持病人呼吸與其他生命徵象，運送過程鮮少發生意外；但每隔一段時間，還是會聽聞某某同事在運送過程中遇到病情急轉直下，原本推床的醫師只得跳上病床心肺復甦，護士與家屬推著病床在路上狂奔的傳聞。即使沒有親身遭遇，那樣驚心動魄的傳說還是讓每次接到推床通知的你們，心頭小小地糾結起來。

印象最深的一次，是在某個值班開始前就被傳呼進入加護病房，學長姊們面色凝重的交接班，並示意你盡快到一旁的房間著裝。原來，這次要運送的是一名疑似庫賈氏症

（Creutzfeldt-Jakob Disease，簡稱ＣＪＤ）的病患，由於該病的傳染方式還未完全確立，你與其他運送的護理人員如臨大敵，想得到的防護設備全副武裝，彷彿一支即將前往生化戰場的軍隊。離開加護病房，你們行經之處的民眾無不下意識地保持距離，就連平常總是擠滿家屬與送餐人員的電梯，也在短短幾秒內主動淨空。雖然知道自己被感染的機率微乎其微，但是人們對於疫病那種純粹的恐懼，還是穿透了層層的隔離裝置，滲入了推床的你心中。

在推床的過程中，你總會期待有家屬可以隨行。這倒不是因為在推送的過程當中可以省點氣力，而是觀察家人與患者間的互動，往往能在這看似百無聊賴的勞動中，看見動人的一幕。病榻上的孩子見了白袍總是哭鬧不安，但即使還不到牙牙學語的年紀，伴床的母親卻常懂得以你無法模仿的溫柔歌謠，在煎熬的運途中讓小朋友安靜下來；神經內科加護病房不乏因腦部疾患而昏迷不醒的老人家，每次加護病房大門一開，許多結褵數十年的老伴立刻焦心地靠上病床，握著病人的手心低聲說話。「要乖唷，做完檢查以後，很快就會好起來，很快可以出院唷！我們再去〇〇〇走走好不好……」像是哄著孩子一般，他們輕輕向對方訴說著過去一起走過的路，把它導向未來，試圖喚醒沉睡中的老伴。其實，你並不真正相信這些字句可以傳送到那些意識早已與外界隔絕的患者耳裡；但看著那一雙雙皺紋滿布的雙手緊緊互握，你知道那裡頭絕對有著比你床欄上使力推送的手心，更加深厚的力量。

推床久了，這才漸漸注意到醫院裡頭其實有著許多與你相似的勞動者。他們有的是各病房的清潔大嬸，有的是中央廚房前來送餐的大哥，最常見的則是推著輪椅，說話時帶著各國口音的新移民看護們。他們似乎早已習慣這樣的工作型態，也早已懂得在這千篇一律的生活裡苦中作樂；有時無意間在電梯裡聽見他們的對話，才驚覺他們似乎也有著屬於自己的社群網絡，「外科醫生壓力都很大，我掃ＸＸ樓值班室的時候，垃圾桶好多菸頭啊！」「ＸＸ病房又遇到瘋子，嫌我們的餐不好，居然直接在我面前把餐盤摔了，你說有沒有過分！」你所不知道的醫院祕辛，在他們之間早已像每日的新聞一般，悄悄的流通著。

某個值過班的午後，居然在下班前一刻又被傳呼要推床送檢查。你無奈地在電梯裡倒數計時，等待樓層紅色數字緩緩上升，因為太過於疲倦，竟然倚著後方的角落站著打起盹來。十二樓大門噔的一聲打開，你身體大震，從迷濛的意識中驚醒，一旁已經準備下班的清潔大嬸忍不住笑了起來。「少年仔，昨天很累厚！來，這罐給你啦！」還來不及反應，她已從塑膠袋裡掏出一罐小養樂多，塞入你右方的白袍口袋。

離開加護病房，你望著窗外已經暗下來的天空，打開養樂多咕嚕咕嚕地喝起來。這算是一種感同身受的體諒，還是這群勞動者早已習以為常的慷慨呢？冰涼又酸甜的液體滑入喉間，剛剛因為推床而痠疼的手臂與雙腿，好像也沒有那麼糟了。

關於幻聽的幾個片段

1.

鈴聲又再一次破夢而來，勾住你，迅速拉離那座虛構的城市。反射性彈坐起床，一切皆已安靜下來，值班室像是宇宙的黑洞，彷彿可以把聲響與光都給吸收殆盡。你伸手摸起桌上手機，打亮螢幕，箭羽般的數字射入瞳孔，3:32AM。你揉了揉刺痛的眼睛，不敢相信眼前的白光。

又沒有未接來電？

你坐在床頭握著手機，下意識地打開了簡訊信箱，曾滿是飯局與出遊的邀約，如今都去了哪裡？未接來電的舊紀錄像癌細胞不斷在此複製，如果幻聽是對守夜最深的恐懼，能不能就讓你清醒直到東方既白？

更令你在意的是，這並不是第一次你從睡夢中被不存在的鈴聲驚醒，在外科連續值班之後，這樣疑似對於手機鈴聲的幻聽便時而出現。它們大多出現於你意志最脆弱的幾個時刻：值班的深夜、冗長的學術會議、文書作業無窮無盡的病歷室……你總覺得這些幻覺的背後有著某種隱匿的驅動，或許是曾有過的巨大衝擊，或許來自反覆的焦慮，無論你是否尋得那驅動的根源，它們終究以這樣迷藏般的形式存留下來，成為你當下生活的一部分。

再也睡不著了，索性開始反覆播送僅存的幾首樂曲。你盯著天花板，忽然想起那些總在此時把你call醒討取安眠藥的病人們；是這樣的時刻，失眠者與醫者間的隘勇線，終於完全被擊潰。

2.

你時常會想起那些終日與幻聽為伍的人們。

掏出口袋裡的卡片迅速劃下，來到全院唯一需要刷卡才能進入的病房。木板門喀嚓一聲的彈開了，你側身走入，關門，左拐進入護理站，長長的玻璃窗後方還是那麼熱鬧。有引吭高歌的聲樂家，有皺眉苦思的哲人，有滔滔不絕的演說者；T走到長玻璃前，伸手敲了幾下，用聽不出表情的聲音說道：「醫生，他們說我可以回家了喔。」他指了指身後，空蕩蕩的長廊上，一個人也沒有。

這裡是精神科的慢性病房，也是全醫院裡，幻聽出現頻率最密集的地方。

幻聽是精神分裂症患者常見的病徵之一，由於他們恰好也是慢性病房裡的大宗，每日與病人會談，了解患者們的病識感則成為了你們每日重要的評估工作。你那令人悲傷的病人L，至今還無法完全拋開對於那些聲音的恐懼：「……我知道他們就在那裡說我的壞話，我就是知道……」他的語氣堅定，充滿敵意的眼神總要在漫長的談話後，才會漸漸柔軟下來。L被送進醫院前用手中的長刀嚇壞了所有身邊的人，但你們都知道最後真正受傷的，也只有L自己而已。

T的狀況則大不相同，幻聽內容總是充滿詩意與驚奇的他終日笑容滿面。為了讓患者更精確的描述自己的想法，每次查房前你都會與T好好聊過他的日記本子，一本他自己也愛不釋手的科幻名作：那裡有他太空旅行的片段、有非洲語，也有會談後對於病況的重新詮釋。你有時看見他在大廳講著不存在的手機，問他在聊些什麼，他頓了一下，靦腆的說：「醫生，我女朋友啦！」之後某次會談中，他佯裝要把門票之類的東西轉交給你，你才恍然大悟這個多年的女友其實是某位日本的知名女歌星，但從他交談時幸福的表情你確實知道，即使對方從未存在，他也總因此有著你無法企及的快樂。

並非所有的幻聽皆能在長久的治療後痊癒，即使出現的頻率降低，即使自己明白那不是真實的存在，一些逃竄過的仍隱隱鑲入生活之中，等待機會出現。對於某些患者來說，幻聽即是生活，失去了這些聲音反而像是誤闖了另一個安靜的世界。如何與它們和平共處，才是患者們所要面對一生的課題。就如同與T的最後一次會談結束後，收拾好行李的他挽著家人的手準備出院；當鐵門開啟時他忽然轉過頭來，伸出手指對你比了個安靜的手勢，那樣頑皮的表情僅僅出現一瞬，你卻已明白，那些神祕的樂音，在T的生活中還暫時不會離開。

3.

而在一些令人哀傷的場景中，生命往往比那些幻聽更早離開。

那是你在婦產科值的第二個班，實習醫師最害怕的婦癌病房。護理站的按鈴聲此起彼落，新病人與舊病人的呼喊一如往常像潮水般湧進這個夜晚；你抄寫記錄的小紙滿了又換，換了又滿，什麼是晚餐，什麼是睡眠早已忘得一乾二淨。一切如此混亂匆忙，唯一沒變的是老奶奶的呼喊聲持續從位於轉角的病房傳來，反覆震痛著你的耳膜：「我要回家了啊……XXX說要帶我回家了啊……這裡好多螞蟻……我不要住在這裡……XXX怎麼說話不算話……」

你點開電子病歷，是個子宮內膜癌末期，住院期間產生急性譫妄（Delirium）的病患；因為預後已經相當不樂觀，住院這段期間大多也只能按照出現的症狀進行支持性療法。你翻開厚厚的病歷紙，精神科熱騰騰的會診單就夾在首頁，上面清楚條列著各項用藥的指引。你照著會診單的醫囑開了，接著走進病房安撫家屬。躺在床上的老奶奶繼續揮舞著雙手，試圖要趕走眼前不存在的恐怖景象。十二點一刻，隨著針劑緩緩注入，老奶奶的躁動不安漸漸緩和下來，你拖著疲憊的身子朝值班室走去。

清晨四點被叫醒時，電話裡氣急敗壞的聲音很快的驅散了你的睡意：「殷醫師！有病人可能要急救！快，很急！」奔向轉角的病房，躺在床上的老奶奶疑似已經失去了意識，護士學姊奮力擠壓著手中的氣囊，而奶奶的胸口虛弱的起伏，彷彿隨時都要停止下來。「阿嬤說剛剛聽到船的聲音，講著講著，就呼吸不過來了……她明明就很平靜了，怎麼會這樣……」滿臉淚水的家屬一邊啜泣，一邊聽著學長解釋接下來可能有的處置，哭得更大聲了。你接手過擠壓氣囊的工作，直到家屬終於一起搖了搖頭，學長這才向你用眼角示意：老奶奶要留一口氣回家。

你持續著手中擠壓氣囊的工作，直到護士學姊們將老奶奶身上的管線一一拔除，各類生命監測器的訊號陷入黑暗之中；救護車人員終於抵達並接替了你的工作，你走回護理站謄打記錄時，累積在右手的痠疼才爆發開來。你想著老奶奶在失去意識前還持續聽見的聲音，她是否已從譫妄的駭恐中脫離，聽見了溫柔美好的船歌？你是永遠不會得到答案了。

走回值班室時，一同奮戰的夥伴們仍睡得香甜，你爬回上鋪倒了下來，剛剛病房內各項儀器嗶嗶作響的聲音，還有如印痕般在你意識的深處反覆放送。你感到疲倦極了，心跳卻不聽使喚似地隨著不存在的節奏蹦跳著；灰濛濛的天空緩慢被擦亮打光，你望著窗外，感到自己正處於夢與真實的邊界，感到有什麼在眼前漸漸暈了開來。

有故事的菸

你還記得剛抵達嘉義的那個午後，位於田野間的醫院大廈像是海市蜃樓般出現在你眼前。那天風很強，空氣中有淡淡的泥土氣息，整座醫院步調緩慢幽靜，讓人很難聯想到這與位於林口的總院其實隸屬於同一個財團。也許是因為換了個清新的環境心情特好，報到後你便騎了車繞著院區四處繞行起來；沒想到才彎過幾個轉角，就差點與一群點著菸的青少年們撞個正著。你拉回車頭，感覺到髒話與眼神從背後飛射而來，抬起頭若無其事的繼續前騎，那枚「院區全面禁菸」的警告牌，諷刺的就貼在不遠的牆上。

說也奇怪，你當下並沒有太多生氣或憤慨的感覺。那些愈趨遠去的菸味反而讓你想起第一次被敬菸的國小校園，抽的是一種懵懵懂懂的義氣，抽的是誰又愛上了誰，等等又要替哪個被掀裙女生報仇。雖然第一次點菸的嗆口之後，你總是以替大家把風為藉口敬而遠之，那種小男生間幼稚卻莫名堅韌的兄弟情誼，還是讓你免去了多次被收保護費或爭球場後被圍事的恐懼。多年過去，大部分同學的名姓與臉龐皆已模糊不堪，但你卻始終沒有忘記，許多菸會被點燃，是有故事的。

點菸者們向來有自己的一份地圖，不管是在部落辦營隊時遇見的青少年們，或是醫院裡頭的病患，他們總是知道哪些角落是屬於他們的，安靜、低調且神祕的角落，不會有人打擾，也不輕易打擾他人。有時候你嫌等電梯的時間太漫長無趣，改從交誼廳旁的安全門上下班，就會聞到不同樓層間或濃或淡的菸味；想要猜測自己走到了哪個樓層，滿地燙焦的黑點便像是隱匿的符碼般，無聲透露著訊息：如果乾淨無痕，大概是走到了兒科病房，如果零星散落但已略有規模，可能是外科病房。如果看見滿地焦黑彷彿什麼剛轟炸而過，請別訝異，那是最需要患者戒菸的內科病房到了。

陳大哥，五十五歲，來自隔壁東石村的討海人，長期抽菸導致的阻塞性肺疾，讓他已經不是第一次因為肺炎而住進醫院。即使如此，住院期間他還是不知從哪裡搞來了幾包菸，每天趁著護理人員交班繁忙之際躲到樓梯間偷偷吐納。有次你匆忙打開安全門下樓，他與另一菸友來不及閃躲，知道你要開始囉嗦，索性像做錯事的孩子般開始耍賴起來：「醫生啊，這個菸喔，蓋不好啦！我是說，『改』不好啦！」（台語）。第一次勸說，第二次勸說，第三次在樓梯間相遇，你終於生氣地板起臉來：「陳大哥！你這樣病都不會好啦！以後都不用出海了啦！」他愣了一愣，哈哈大笑，把菸從嘴角拿下，壓在地上熄了：「少年醫生啊，我身體早就不行，出不去啦！不抽菸，會忘記海的味道耶！」原來，三年多前的腰椎受傷之後，陳大哥就不再跑船了；只能做做一般批發小生意的他，有時下後背又陣痛起來，點一根菸讓眼前朦朧微香，彷彿真的可以暫時忘卻眼前的不順遂，再次回到那歡喜收穫的船板上。

樓上病房的李伯伯就更讓你們頭痛了，入院接近兩週，家屬卻完全聯絡不著。偏偏李伯伯不只愛抽菸，特愛觀看那些亂灑狗血的鄉土劇的他卻又有心律不整的老毛病。有天晚上接到護理站來電說病人不見了，你想也不想就朝著交誼廳旁的安全門走去，果不其然，李伯伯瘦小的身軀就縮在一角，燃亮的菸頭規律的一明一暗，像盞舊老的霓虹燈。他看見醫生來了，也不迴避，大聲對你說道：「醫生啊，不是我愛抽菸，是真的太生氣，你知不知道剛剛那個金大風有多壞？我每次看喔，就會想到我兒子，哎唷！你看，現在胸口又好痛……」你趕緊把菸熄了，扶著他走回病房，推來心電圖接上時果然那惱人的波形又跳了起來。李伯伯持續抱怨著他多年不見的獨子，你奔走病房與護理站間開立藥單與點滴，一個本應平靜的夜就這樣忙碌起來。而你知道，這個無奈的劇情就像連續劇般，還將複製貼上一段很久的時間。

不過，有時理解點菸者們的心情，只需要最單純的同理心。

那是一個晴朗的慢跑夜，你沿著院區的外圍慢慢調整腳步與呼吸，繞行而過急診室大門時，門口救護車的警鈴還是一如往常的震耳。用眼角餘光瞄了過去，床上躺著的是一個血跡斑斑的少年，幾個家屬呼天搶地的緊跟在後；或許已經不是第一次在醫院遇到這樣的場景，你選擇性地忽略現場，繼續跑繞下一圈。尚未再次回到急診大門口，那愈趨淒厲的哭喊已遠遠傳來。你保持著距離慢慢跑著，一邊忍不住又多瞧了幾眼：一個疑似母親的家屬已經幾乎暈厥過去，眾人忙於攙扶之際，另一位中年男子站在人群外，一面顫抖，一面默默的抽著手中的菸。他的表情扭曲變形，彷彿要用盡氣力才能忍住眼眶裡的淚水；燒紅的小點在黑暗中像螢火蟲般閃爍，隨著男子急促的吐納彷彿隨時都會消逝，加入腳邊滿滿斷頭的菸蒂。站在門旁的警衛不發一語，而你不自覺地慢下腳步，感覺到細細的菸味順著風飄了過來。

如果希望就是那微小的火光，是這個瞬間，你真心祈願他手裡的菸可以就這樣一直燃亮下去。

Last Order

〔AM 2:45〕

「喂！Y醫師，我們這邊8D病房！有一些Order有點急，你快來幫忙一下！」

啪。

美女的臉頰、絕美的湖景與白色小船……一一從眼前迅速抽離，捲入深不見底的黑洞；手機鈴響像是后羿的箭羽，精準射落每一則來不及換景的夢境。你訓練有素的跳出被窩，一邊套鞋一邊抓起椅背上的白袍，接著推開值班室冰冷的門，差點與走廊上另一位實習醫師撞個正著。

「哎，換你啦？八成又是鳥事。」他拍拍你的肩膀，「就希望是Last Order吧！」

聲帶還睡得很沉，你微笑了一下沒有說話，搖搖手，繼續向前快步走去。長長的走廊上一個人也沒有，只剩下泛黃的燈管，像走失的螢火蟲般一閃一閃的亮著。

＊

〔AM 2:57〕

抵達九樓的病房需要爬四層樓梯，你總覺得那像一條時光的甬道，每個在黑暗中汗流浹背前進的時刻，總會不經意想起自己十個月前的樣子。「醫囑，也就是Order，是所有我們深思熟慮後的處置，請把它們清楚的開立出來，蓋上戳印，代表你們對於病患的負責。」那是職前訓練的第一天，脖子上的聽診器沉重得像一只啞鈴；你們卻都仰起了頭，對著學長姊的背影奮力抄寫筆記，恨不得自己快速長大。

很難忘卻自己第一次開出Order的興奮與快感，你知道那對醫生而言是一種責任，一個文書的記錄，但同時也象徵著判斷與權力。Order是一道道神聖的令牌，疫病在前列隊，唯有你能發號施令，決定戰役的攻防與成敗。可惜這樣的快感只幫你撐過了前幾次的值班。大家開始發現，新出現的Order總暗示著一個不平靜的夜晚，可能來自一個失眠的病人渴望重返夢境的藥片，但也可能是血壓如自由落體墜落的休克病患，一連串戰鬥式的急救。幾張備血單，一份同意書，甚至是一個出院的回診預約，凡是與你爭奪睡眠時間者，最後都成了敵人。你開始建立範本，替疾病編好符碼，接著你學會了如何在護士講完話前診斷，而最近，你開始不小心忘掉病人的名字。

*

電話又響了起來，你開始跑步，同時覺得腳痠。

〔AM 3:10〕

一個失去意識的女孩躺在病床上，側臉因失去頭髮的遮掩而顯得瘦小；她的雙頰微弱吹鼓又垮下，蒼白得讓你想起謄寫病歷的紙張；床頭監測器嗶嗶作響，螢幕上的血壓宛如一艘觸礁的船隻，緩慢但持續的下沉。幾個護士輪流注射著急救藥物，你一手握著氣囊，努力用氧氣撐起她幾乎塌扁的肺葉，一手摸著她右頸微弱的脈搏，深怕律動在你的一個失神間悄然隱匿。

你瞥了一眼床頭的病患資料：二十五歲女性，子宮內膜癌第四期合併肺部轉移。你心中一凜，想起了班上那些年紀相仿的女孩，想起她們討論眼影與唇膏的笑臉，想起她們挽著男朋友的手臂在街上依偎的身影。二十五歲呢，不是才剛把學士帽高高拋起，或是扛好背包，準備要闖蕩這個世界的年紀嗎？你看著女孩微微隆起的小腹，那裡沒有嬰孩，沒有著床成功的夢；血水從一塊塊暗紅的腫塊流出，邪惡的細胞持續複製彼此的臉型，準備遷居到下一個器官去。

女孩的父親放棄了插管與侵入性的急救，他摟著妻子——一個幾乎昏厥的母親——

向學長詢問自動出院的事宜。「要簽一些文件就好。需要診斷書嗎？」學長口氣平靜，黑眼圈內流露一種「需要口服藥回去吃嗎？」的平靜眼神，然後轉向你。你先是愣了一愣，隨即默默的走回電腦前坐下，點開了系統裡建好檔案的範本，輸入今天的日期，按下列印鍵。你知道，每個出院的人都可以獲得一個或是多個診斷碼，然後成為那些論文圖表中的一個數字。單純、乾淨，沒有多餘的註記。

這應該是今夜的Last Order了，你想。

*

〔AM 3:52〕

病房裡忽然騷動了起來。

一個西裝筆挺的男子出現在房裡，單腳跪在女孩的床前，聲嘶力竭的呼喊著：「小晴！小晴！」女孩恢復了一些意識，雙眼半睜半閉，口中發出微微的呻吟試圖回應，卻沒人能夠辨識霧氣後方的唇語。女孩的母親相當激動的抓住學長的肩頭一度要跪下，你還沒理出個頭緒，護理長連忙將你拉到門外，直說這件事情辦不到，得快點聯絡主治醫師。

「那是她的未婚夫。」護理長努力的保持冷靜，「他們想在病房舉行婚禮。」

你想起兩年前安寧病房裡的老爺爺，想起白色大門上的囍字、走廊上暖暖的燭光與反覆吟唱的讚歌。你記得那對年輕夫婦交換戒指時，媒體與攝影機擠滿房間，院長當場微笑著宣布，要讓這裡成為北台灣的幸福醫院。但那位母親的哭聲將你拉回今夜混亂的現場：凌晨四點鐘，婦癌病房，毫無計畫的婚禮，還有一個不知道什麼時候會停止心跳的新娘。

誰能忍下心來婉拒一對戀人生前最後的祈願，但又有誰知道，這個允諾會不會成為你們待在這個職場上，最後的一條Order？學長揉著太陽穴，已經兩天沒睡的他，閉著眼睛按下手機的通話鍵。另一頭似乎接了起來，學長用一貫冷靜的口音報告現況，隨即是長達兩分鐘的靜默。接著他瞪大的眼睛，看著你又看著護理長，不可置信的點了點頭。

啪。

「各位，我們接下來要做的事情，都不需要Order。」

*

〔AM 5:10〕

接著你經歷了上工以來，最忙碌的一個小時。

「學弟，不要學，這都不是正常的劑量。」麻醉科的學長一邊苦笑，一邊打入手中的藥劑。你們祕密發出會診給值班的同事與同學，他們大多在電話的前三分鐘無法辨別這是夢境還是現實，但不久後仍捲起白色的袖管，出現在護理站外待命；護士們搭起一條紙鶴的生產線，那些平時忙於清瘡與翻身的手指快速變出成對翅羽，是你看過最溫柔的魔術了。討論室內喧囂的交談聲都沉默下來，而那些列印Order的機器也都停止了運轉，你彷彿看見一群安靜但虔誠的僧侶，井井有條的替神聖祭典的每個細節做好準備。腳步聲來來去去，病房的門開開闔闔，只有那位未婚夫還跪在床前，握住女孩的手輕聲說話，一直沒有移動過。

著裝，一個新娘子最美麗的時刻，卻是今夜最艱困的任務。學長姊小心的拆卸女孩身上的管路，並在每個翻身或坐立的時刻緊盯床頭；監視器的數值一有起落，整間病房便如臨大敵。「心律又跳PSVT了，停一下！adenosine先來！」「血氧正在掉喔，氧氣高一點！」你聽見四周時而有人倒抽涼氣，時而有人身軀微抖，當禮服最後的拉鍊從女孩背後拉起，現場響起了一陣克制卻又激動萬分的掌聲。你望向女孩的臉，氧氣罩的白霧下雙唇顫動。

「謝謝。」你好像聽見了那兩個字。

女孩上妝完成後許多護士都哭了出來。「我忘了她原本這麼漂亮。」一位學姊哽咽的說，那才是四年前女孩第一次開刀的樣子：古銅色的皮膚，一雙大眼睛柔亮有光，圓圓的臉頰常在大笑之後微微泛紅，像是初夏結實纍纍的五月桃。球隊的夥伴們總是來醫院探望她，學長特別多呢，只是大家愈來愈忙，也沒想到女孩來醫院寄居的時間愈來愈長。後來探病的人漸漸少了，只剩下一個男孩子留了下來。一年，兩年過去，從一起散步到推著輪椅，現在則是每天輕輕讀著床邊故事，男孩守著她，始終沒有離開醫院。

學姊說到這裡停了下來。大家都沉默了。你知道，今天是女孩出院的日子。

*

〔AM 5:51〕

你把窗簾拉開，遠方的天際已微微亮起。對於清晨交班的曙光你再也熟悉不過了，當病房漸漸亮起，一夜疲憊的戰鬥也將宣告終結。你們總是仔細的把最後的Order開齊，然後開始規劃著新的一天該從拿鐵或是卡布奇諾開始。

但今晨的曙光，是專屬於他們的。

紙鶴串成無聲的風鈴，在穿窗而來的風中輕輕搖曳翅膀；病危通知專用的紅色厚紙，如今被拼剪成一個大大的囍字貼在牆上。你跟在護士後方握起小小的百合與向日葵（感謝其他護理站的病患贈物區熱情贊助），陣陣微香蓋過了病房原有冰涼的氣息。主治醫師與男方的家長陸續趕抵了病房，簡單握手致意之後，主治醫師點點頭，學長把最後的藥劑推進了女孩的身體，隨即關閉床頭的監視器。少了嗶嗶聲的房間，安靜得只剩下女孩規律的呼吸。

直到如詩的歌聲響起。

沒有紅毯，沒有相碰的觥籌，婚禮就這麼平靜的開始了。雙方家長的致詞都異常簡短，但那些哽咽在喉的字句，大家都默默聽在心底。牧師宣布朗誦誓詞的時候你心頭一緊，正擔心著女孩該怎樣拿下呼吸器時，只見新郎向前踏了一步，分別向兩方家長各行了一個禮，「親愛的爸媽，」他的臉上堆滿淚水，擠著你不知怎麼維持得住的一道微笑，「親愛的醫護人員，還有所有今天在場的朋友，謝謝你們。我更要感謝我美麗的新娘，小晴，雖然今天的她可能會比較安靜。」

「有時候面對生活，並不比面對死亡來得容易。這是小晴對我說的。我們曾有過很多願望，例如要到巴塞隆納結婚，要一起看玉山的日出，要在出院後一起投一百顆三分球……但我們的願望愈許愈小，也愈來愈不容易達成。小晴，我一直很害怕失去妳，害怕失去未來想要一起看見的風景，害怕我們的生活不夠有光有熱，不夠等待我們準備好就遠去；卻一直忘了還有很多現在能做的事，我沒有勇敢的完成。小晴，妳願意成為我的新娘嗎？我用了四年多來練習說出這句話的口氣與決心，而當今天有人問我，你願不願意成為小晴的丈夫，無論現在或未來，無論生病或衰老，都能終生愛護她、尊重她、安慰她，並與對方坦白彼此的恐懼、悲傷、祕密與夢想，我要說，我願意。我……」

他忽然停了下來，所有人也都屏住了呼吸，女孩一邊點著頭，像是電影裡的那種慢動作，一邊張開雙唇奮力吐氣。新郎只猶豫了一秒，接著伸出他的另一隻手，溫柔地摘下女孩口中霧氣滿布的面罩。反應不及的學長差點喊出聲來：「那個不能拿掉……」但主治醫師伸出右手，比出一個噤聲的手勢。

沒有人說話。

因為大家都清楚的聽見了那三個字。

*

〔AM 6:55〕

「2010/05/23 6:55AM開立不實施心肺復甦術同意書／家屬同意辦理自動出院」

你把病歷與開好的Order投遞出去，緩步走回值班室。在電梯口你看見了那位憔悴的母親，旁邊病床上的女孩睡得很沉，胸口隨著呼吸器的節奏緩緩起伏。她應該正在吐納著一個幸福的夢境吧？你閃過這樣的念頭，然後回了個禮。目送著他們進入電梯的時候，父親的聲音還在走廊上迴盪。「回家囉，小晴，我們要回家了……」你覺得他的音調裡不見悲傷，反而有一種深刻的溫柔。

你終於還是完成了你的Last Order。最後一晚的病歷摘要，你一個字一個字重新打了下來，沒有範本或複製的格式；你想起了剛進醫學院的自己，想起曾經那樣容易善感，容易固執的少年，想起第一次拿起聽診器，傳入耳中的心跳聲。

不知道為什麼，你感到異常的清醒。

手機響了起來，管理部的祕書氣急敗壞告訴你違規的嚴重性，部長說下午要約談相關人員說明，請你……

啪。

你掛上了手機走出了醫院，陽光正是耀眼。

輯二、如果航道上面沒有光

大頭寶寶

你與大頭寶寶是在外科的急診室相遇的。

1.

年輕的母親焦慮地搖晃雙肘，小男孩躁動的哭聲卻依然傳遍了整條長廊。你們拉開布簾，宛如外星人E.T.的巨大頭顱赫然出現在眼前，彷彿是某太空飛行船遺落在地球的小生物。這個大頭寶寶是典型的水腦症（Hydrocephalus）患者，由於老天爺開的小玩笑，小男孩原本暢通的腦室隔成了許多不正常的空間，自由竄流的腦脊髓液便像是灌水球般，把小小的腦袋瓜填脹成各種嚇人的形狀。快速增大的頭圍，吃了又吐的主訴很快讓你們了解那是水腦症惡化的一種徵兆；你想起兒時那首「大頭大頭，下雨不愁」的打油詩，原本愉悅的節奏，此時回憶起來，卻有種淺淺的哀傷。

經歷過三次手術的大頭寶寶對於身著白袍的醫師們有著極大的恐懼，你們在病房的第一次互動，便以淒厲的哭喊聲揭開了序幕。為了減少水腦症所造成的腦壓，你必須從他小小的囟門放入針頭，抽取過量的腦脊髓液以便減壓。幾名護士壓制住大頭寶寶的四肢與頸子，你拆開包裝，針頭在穿越玻璃窗的陽光下閃閃發亮；看著大頭寶寶用盡氣力扭動哭喊，你忽然覺得自己像個上場行刑的劊子手，當下竟情不自禁的想轉身躲離他的視野。

你從他的身後起手，針尖迅速刺穿頭皮，大頭寶寶的眼淚瞬間洩洪出來。在你手持搖晃針筒的驚慌之際，一直沒說話的年輕母親忽然開口了，她哼著似調非調當地歌謠，宛如古老的祕咒般輕輕包圍了哭喊；就像是某種無形的止痛劑般，她愈唱愈輕，寶寶的反抗竟也愈來愈小，你抓緊機會快速完成了抽取的工作，心中暗自愧疚，念過那樣多止痛鎮靜的藥理與生理機轉，來到資源缺乏的地方，卻連怎樣徒手緩解患者的痛楚卻一無所知啊！

2.

由於醫院裡的電腦斷層故障，大頭寶寶必須跟其他等待影像檢查的患者一樣，申請國家的保險，才有辦法到私人的醫院進行檢查。但是究竟誰有著優先送檢的權利，誰又能順利申請到保險，在史瓦濟蘭的官僚體系裡，始終是個巨大的謎團。對於許多沒有特殊背景的家庭來說，這樣的等待總是如此焦心而漫長；有些患者甚至等不及申請的結果，便已悄悄的離開了你們。

同樣在這漫長等待列中的大頭寶寶，在哭鬧聲不斷的兒科病房裡顯得安靜異常。他巨大的腦袋實在太重，以至於大部分的時間他都或趴或臥於床，進入一種近乎醉酒的恍惚狀態。然而大頭寶寶卻異常地對於入院時抓著他打針的手指特別敏感，有時你僅是輕輕按壓引流管的圓閥，才剛觸碰頭皮不久，他便大夢初醒似的掙扎、哭嚎，彷彿他已在頭皮上偷偷安裝了某種指紋偵測器似的。一直到了數日之後，他確認每天來訪的這些手指不再試圖穿刺他鼓起的腦袋時，這樣焦煩的哭鬧才漸漸緩和下來。

電腦斷層回來之後，你們把洗出來的黑白影像拿至床邊，隔著窗外滲入的陽光，向母親指認腦室中惡形惡狀的薄膜。年輕的媽媽似懂非懂，只是焦慮地點頭；雖然她早已背著大頭寶寶進出醫院多次，你想她卻始終沒能理解讓她孩子的生命不斷掙扎的，究竟是什麼。對她來說，這與她不斷面對的生活一樣，是一幅巨大的抽象畫。

3.

大頭寶寶的手術終於被排定下來。

主刀的杜團長一早就與你巡完病房的其他患者，準備迎接今日手術室的戰事。換上或藍或綠的工作服，戴好頭套與口罩，木門開啟之後的手術室像是醫院裡古老神祕的祭壇，只是手術刀與各式器械取代了魔杖，無菌的手術衣替換了長袍，面對死亡與疾病的大軍來襲，站在手術台前的外科醫師們毫無畏懼，當巨大的兩盞燈源打亮手術台，一場壯觀的展演便這樣開始了。彷彿召喚各種咒語，隨著杜團長口中的各項號令，各類刀械、棉紗與電燒器材紛紛傳遞而來，攻向患者大腦內疾病的隱身之處。

你站在第一助手的位置，一邊拉鉤，一邊看著杜團長切開頭皮，在頭骨上鑽出圓形的小洞。你知道，在那深處有著一切的意志與夢境，也有著洶湧滿溢的浪濤。長長的引流管隨著器械從頭部穿越至腹腔，累積已久的液壓終於尋得出口，腦脊髓液像是慶祝手術成功的噴泉從腹腔端迅速湧現，彷彿也將你們心中的大石沖流至了遠方。你接手最後縫皮的工作，一針針闔上今日的戰場，你心裡明白，當這些銀亮的刀刃持續在手術台上閃耀著光，這場面對死神與疫病的戰爭，我們是有機會高掛勝利的旗幟的。

麻醉藥效漸漸散去，大頭寶寶哭鬧的聲響再次震動整座手術室。你上前逗弄著他的雙頰，心中惦想著未來的某一天，你或許不再需要喚他為大頭寶寶了。忽然男孩揮動小手抓住了你的筆，好奇的眼珠轉啊轉的，瞬間忘卻前幾秒的哭喊；你愣了愣，手術室的大門已開，徐徐的夏風穿窗而來，把你們兩人都逗笑了。

年關

今天是大年初一。

闔上藥單，收拾桌面上紛亂的書筆，你起身活動筋骨，抖落一日的疲憊。T醫師探了探外頭空蕩蕩的候診區，笑著說：「嘿，這還真不像星期一的史瓦濟蘭啊！」這的確不大尋常，畢竟按照慣例，週末累積的病患在醫院開張的週一如暴漲的洪川洶湧而至時，即使三個醫師從早到晚合力也無法看完。「或許是因為今天是台灣的新年啊！」你也笑著回答。雖然駐外的醫師並沒有年假，但想著沿著長長的廊道走回辦公室，喝杯咖啡便可結束這美好的一日，心中還是忍不住微笑起來。

只是你沒想到，腳步還來不及抵達長廊盡頭，耳後尖銳的哭喊混雜著醫護人員慌張的下令聲，迅速穿破了原有輕鬆愉悅的氣氛。你連忙掉頭跑回現場，只見五六名滿身塵土的車禍傷患輪番被推了進來；那些尚能起身躁動、痛苦哀號者並非最慘烈的一群，你推開急救室的大門，一個頭破血流的患者兩眼翻白，已在擔架上失去了意識。

對於這樣的場景你並不陌生，但身在非洲而身邊只有兩個醫護人員可以幫忙的情況，卻是這輩子第一次遭遇。環顧四周，你看見那位早到的住院醫師的第一個反應，竟然是開始找針頭幫病人打上點滴針，心中暗叫不妙；快步跑至病人身旁快速檢查患者，腦中飛快轉過急救的流程，你很快的發現這位病人最需要的是緊急插管。一邊喊著指令，一邊拿起氧氣面罩與抽吸管清除患者滿口的鮮血與穢物，兵荒馬亂之際，護士翻遍整間急救室，居然大聲回傳你完全無法想像的窘境。

這裡的急診沒有任何的插管工具。

宛如落入冰窖，你顫抖的手幾乎無法握緊眼前的面罩。這是從來不可能在台灣出現的慘況：全院唯一的插管工具在麻醉科醫師手裡，幾乎要過了黃金的搶救時間，你卻連他在何方都無法確定；十分鐘過去，患者還沒有任何心跳或血氧的偵測器，只有大量鮮血不斷被你從喉頭抽出。你壓著氣囊的手指清楚感受氧氣艱困的被擠入他虛弱的肺葉中，覺得自己像是駭浪中夜航的舵手，眼前沒有任何光線，也不知這艘小船將飄搖至何方。

不經意的抬起頭，你的眼神與患者翻白的雙眸對望，那其中彷彿有無數隱形的箭羽從中射出，貫穿你的心房。你看見他的制服，上頭的工廠名在汙泥與血漬間靜靜躺著，想像著那群勞動者坐在車後，迎著風，一邊談論政府近日困窘的財政，一邊抱怨著已經很久沒領到的月薪（而那可能僅是台灣勞工的一日所得）……忽然的下一秒，他們學會飛行，下一秒是劇痛，接著便進入無止境的黑暗。他的嘴巴微微張著，小小的紅色湧泉從喉頭深處不斷冒出，如果他能言語，他會想說些什麼？他願意原諒你的不知所措與惶恐嗎？你望著持續暴漲的紅潭，無論有再多想說的話，大概也都淹沒於此了。

麻醉醫師終於來了，隨後抵達的是加護病房接手的人。你鬆開氧氣罩，把現場交給對方，拿起口袋的筆燈再次確認患者。他放大的瞳孔像是兩個無限深遠的黑洞，彷彿一切的光線都可以被吸收進去似的。你脫掉手套，伸手推開急救室的大門，忽然覺得比剛進來時沉重了許多倍；老舊的鐵床哐啷哐啷作響，鮮血滴了下來，在地板拖成長長的刪節號。醫護人員包圍著病人在長廊愈走愈小，終於消失在你視野外的轉彎處，只有那些監測器的嗶嗶聲還迴盪而來，漸漸與你的心跳合為相同的頻率。

你悄悄問自己，今天真的是大年初一嗎？

回到家裡已是台灣的夜半時分，打開臉書，恭賀新禧的動態排山倒海而來，彷彿大家都已從過去一年的困頓中，徹徹底底的解放了。有人開心地回報自己的安全下莊，有值班的朋友傳上護理站溫馨的火鍋餐，當然也有不少同學哀鴻遍野，抱怨著明天又要回醫院或部隊裡上工去了。你忽然好想找人問候拜年，找人說說話，告訴他們能夠陪著家人的年夜，是多麼幸福的事情。

關。

你靜靜的瀏覽著，心中暗自默禱，但願所有遠方熟睡的夢，皆能平安度過自己的年

燒傷病房

沒有人知道油漆桶是怎樣爆炸的。

男孩住進燒傷病房已過了數週，其實嚴格說起來這裡僅算是大病房中的一個小小隔間：玻璃窗圍出四方形的狹小空間，四個角落各擺上一張床，就成了燒燙傷患者住院時的居所。男孩的身上依然四散著斑斑白點，惡形惡狀地攀附四肢傷口，是滾燙的油漆潑灑上身留下的刻痕。根據護士的說法，救難人員趕到煉獄般的現場，除了淒厲的哭喊與掙扎，那裡已一無所有。男孩馬上被送往鄰近的醫院急救，最後輾轉來到這裡時，已經半條命踏入了鬼門關。雖然最後還是成功救了回來，但你們都明白，真正的磨難才正要開始。

燒燙傷的病患若在台灣，大多有專門的團隊與病房提供傷後的一連串照護；從日常的換藥到止痛，從植皮到術後漫長的復健，此路對患者們雖一樣艱難，但至少在良好的醫療環境下，回歸到過往正常的生活並非不可能的事。然而在史瓦濟蘭，燒燙傷病患所要面對的苦難比起一些腫瘤或愛滋病感染者，可能只有過之而無不及。護理人員的人力缺乏與傷口照護的薄弱，每週能夠準時換藥三次已經算是一種恩典；也由於整形外科醫師的欠缺，一般的植皮或傷口清創也只能讓國外來的一般外科醫師勉強執行。許多患者因為傷口的反覆感染，一來醫院便是數個月長地定居下來。

束手無策這件事，對醫者來說往往比疾病本身更為駭恐。每次查房掀開病歷，抬頭望見他們身上巨大的火紋，你往往心頭糾結，趕緊提筆默默記錄著傷口狀況；對治療評估而言，那些燒傷面積與深度只是一連串的數據，但當你發現日復一日的治療對患者的病況趨近於停滯，才驚覺他們要面對的是一齣不知何時落幕的悲劇。是這樣的時刻，使你開始明白要與接近絕望的眼神相對，原來需要巨大的勇氣。

火紋在視覺上固然駭人，但病房裡真正令人悚然的，其實來自於氣味與哭喊聲。當你屏息著，閉上雙眼，那個你未曾到過的案發現場卻還是可以被拼湊起來，成為你巡房時最難熬的事。

許多慢性的燒傷傷口因為清創或平日照護的不完全，時常成為各種病菌的巨大培養皿。打開厚重的紗布，或黃或白的膿液便緩緩滲出，即使隔著口罩，那接近腐肉甚至是魚腥的氣息仍然穿刺入鼻。囂張的蒼蠅有時便這樣飛入病房，大剌剌地停在傷口上，趕了又走，走了又來。氣味還可透過憋氣或保持一段距離來降低強度，但檢視傷口與換藥時患者們力竭的哭嚎，對於醫者們才是真正的考驗。按照醫學常用對於疼痛指數的分級，燒燙傷者換藥雖不像分娩般接近最高分十分，卻是近乎每日都要承受的折磨。年輕男子們多會試圖咬牙堅忍，但那樣的痛楚也已使他們緊抓著床緣的手臂青筋爆起，渾身顫動不停；婦女與小孩則大多還在拆除繃紗的階段便已尖叫哭喊起來。有次你們實在不忍，把注射的嗎啡類藥物加了又加，少女終於喝醉般倒下，但她淺淺的哀吟卻一直持續著，像是不會散去的回音繚繞，直到你們走出病房。

也因為燒燙傷者眾多，植皮手術幾乎成為每週開刀房裡的固定排程。對於專科醫師缺乏的非洲醫院而言，這樣常見的手術對於醫師與病患其實仍是一大考驗。你常常站在手術台前，看著主治醫師拿起老舊的手動取皮機滿頭大汗地操作，如果幸運機器沒有故障，便能從手臂或大腿取下一塊邊緣參差不齊的深咖啡色小皮。有些患者身上可見到如拼貼般不同的色澤與形狀，那些疤痕所區隔的新皮膚上鑲滿時間，是他們的傷口多次手術後最刻骨銘心的紀錄。如果一切順利，新的植皮會像河口沙洲般朝周圍的正常皮膚生長、結合，最後形成新的海岸線；但對於許多患者來說，海岸反覆的曲折總不知要到什麼時候，才能真正到達盡頭。

冬日將近，病床上的燒傷患者們在白日紛紛轉向有光的窗邊，享受難得的溫暖。已結痂的與正在癒合的傷口，新補的與舊補的皮膚都攤在陽光下，想像它們是會行光合作用的植物，靜靜呼吸著、吐納著，新枒與生命的誕生……時間與希望向來是最好的敷料，而且適於陽光烘焙。你把其中一份出院的摘要寫好，遞給另一個已經住院近月的男孩，他勉力伸出因燒傷而攣縮的右手接過，給了你一個牙膏廣告般的難得微笑。是這樣的瞬間，你曾被無力感所灼傷的痛處，終於開始慢慢癒合起來。

被調慢的時光

原訂參訪的集合時間已一個小時過去，廣場上仍空無一人，你們不斷彼此對錶，汗水不斷落下，直到那台小巴士錯愕地在大家面前煞車。衛生部的女官員搖下車窗，若無其事的揮揮手，微笑，彷彿什麼都沒發生過。

「非洲時間嘛！」司機嘀咕著，「這樣其實算準時了你知道嗎？」

啟程，用車速把城市遠遠拋在背後；你們拐入郊區，兩邊的灌木與草原愈來愈肆無忌憚的蔓延，與湛藍的天空彩繪出一幅熱氣蒸騰的非洲畫像。原本的柏油路偷偷消失在黃沙之中，你們像是探索頻道中常出現的非洲草原的獵遊隊，左拐彎，俯衝急煞，然後在漫天塵土中停了下來；大家搓揉著痠痛的後頸向前一望，出現在那裡的既不是獅子也絕非長頸鹿，而是一間矮舊的平房。

是的，你們抵達方圓幾十里間，唯一的診所了。

這裡的時光似乎被誰偷偷調慢過。從診間的外觀到內設，簡陋的茅廁到長木椅排排而坐的候診區，皆像極了只在醫學史中才讀過的台灣早期衛生所。只是醫師遠走了，剩下兩三位護士與產婆還堅守著崗位；小小凌亂的木桌上散滿注射器材與用藥，彷彿剛被房內嬰孩的啼哭聲轟炸過。往左走進孕婦的檢查室，取代電子胎兒監測器的，竟是一枚喇叭狀的古老聽診器；你想起日劇《仁者俠醫》中回到江戶時代的主角，也是拿著這樣的小小儀器替肺癆末期的緒方大夫進行診察，傾聽各種病之樣貌，心中默默明白，即使在不到三個小時的車程間，也可以像搭乘時光機般穿梭於兩個不同的世界。

母親抱著嬰孩走進了診間，看診的護士無視於現場擁擠的參訪人群，起身檢查躁動不安的孩子。千百年前是巫醫，如今是她們，在現代醫學的婦兒科醫師進駐之前，這裡就是村落的最後一道防線了。還來不及啼哭呢，身著紅袍的護士已熟練的快速撐開嬰孩的雙唇檢查，鬆手，轉身，俐落得沒有多餘的動作；坐回位子上填寫紀錄時，小嬰孩才恍然大悟般哇哇大哭起來。在這個被光陰遺忘的小村落，她們是隱居的武林高手們，用自己的雙手與對陣多次後所習得的招式，孤獨對抗著跨時代的疾患與病菌。

你們上車，隨引擎緩緩震動抵達下一個健康照護中心；相似的畫面又在眼前展開，而時光的甬道在此歪斜，悄悄將不同世代的場景交錯起來。偌大的病房中，許多捐贈而來的設備與器材靜靜躺在布滿塵灰的角落，轉過身，簽字筆默默在門後空白謄畫出簡陋的身高機；一邊牆上裝著連政府醫院都不見得有的冷氣，另一頭卻有簡陋的厚紙板彩繪著大小相異的圓圈，掛上床簾便成了接生時護士比對胎頭大小的指引。傳統與現代，貧窮與浪費，房裡的細節不斷暗示你一個好奇的問題：世界各地的捐款與資源究竟是如何被管理分配的呢？發愣沉思時，衛生部的女官員恰好挺著偌大的腰圍走進房間，她的步履搖晃吃力，你忽然想起方才在車上的她，還大聲抱怨著午餐為何是三明治而非肯德基漢堡的話語，一切似乎都有了解答。

走出長廊，失去膠胎的輪椅默默擱置在陽光底下，輪框鏽蝕成銅黃，彷彿還能繼續在此歇息過往後的數千數百個黃昏。樹影晃動，你知道，在上位者改變的那天到來前，這些時光慢行之處距離你們所熟悉的病院與診間，還有一段遙遠漫長的路。

蛋蛋的哀傷

男孩在麻醉中深深的睡去。你拿起手術刀快速劃開皺褶的皮膚，鑷子剪刀快速開闔，一場與時間的賽跑已無聲的展開。屏住氣息，切開最後一層薄膜，缺血過久的睪丸在你們的擠壓下蹦入手心，一片令人不安的紫黑色。你與主治醫師對望一眼，沒有人多說一句話。

這一次，你們還是晚了一步。

像這樣罹患睪丸扭轉（Testicular torsion），最後必須整個切除的個案，幾乎成了史瓦濟蘭每月都要上演兩三次的哀傷故事。也不知算不算非洲地區特殊的性文化，相對於財富或健康，自己的生育功能對於許多當地的男性來說，往往才是生活中更重要的事。每每到市區的小商店購物，店員知道你是醫院的醫師，總會上前攀談詢問有無能「讓自己更強壯，太太更幸福」的良帖；幾次當地人來訪辦公室，熱心沖了當地的茶包卻被對方婉拒，理由是他們想喝來自中國的茶葉，因為喝了之後聽說會有壯陽的效果……對於性能力的追求，當地的男性總是超越你所能理解的程度，近乎一群狂熱的信徒。

無怪乎有次上刀時，你與當地醫師聊起彼此學生時代的文化，不經意的講到高中男校時常出現的阿魯巴儀式，他們口罩後的臉龐會露出無法置信的表情。或許是生日，或許是某些值得歡慶的日子，至今那些抓住對方手腳，朝著門柱或校樹衝擊的搞笑畫面，彷彿都還是昨天的事。你知道，那是你們的男子氣概完熟之前，青春的一種樣子；那是一種輕狂，一種對彼此的義氣，因為沒有被阿過的人往往只屬於班上最容易被遺忘的那群……記得畢業典禮當天，班上超過一半的男生都完成了這項重要的「成年禮」，你們頹坐在木椅上，笑著談論著空氣間那股「蛋蛋的哀傷」，成了你高中生涯完結時，最難忘的畫面。聽到這裡的時候，開刀房的當地醫師與護士們皆驚呼起來；這對他們而言，的確太近乎瘋狂了。

令人不解的是，如此珍惜自己性能力的史瓦濟蘭男人們，面對諸多泌尿疾病與感染症時，卻往往膽小得像是個做錯事怕被發現的孩子。許多年輕人遭逢劇痛時寧可自行吃藥強忍，最後終於受不了來到急診外科，才發現已錯過治療睪丸扭轉的黃金時期；複雜的伴侶關係和衛生習慣的低落，使性傳染病成為男性間常見卻羞於啟齒的問題，不化膿發炎或腫脹到難以忍受絕不求診。你很難忘記那個因為嚴重陰囊水腫遲遲不肯就醫，最後還是回到開刀房手術的大叔；他挺著鴕鳥蛋大小的下身寸步難行的樣子，令你們目瞪口呆之餘又多了種悲劇的氣氛。劃開巨大的水球，內液噴泉般的湧出，你們費了九牛二虎之力才得以將病灶完全摘除。術後的他幽幽從麻醉中甦醒，卻依然說著與開刀前相同的話：「……我沒有騙你啊，醫生，明明幾天前才開始的啊……」

在整個外科病房的末端，住著幾位攝護腺癌末期的老爺爺們；每次與這些患者溝通外科治療尚需要執行睪丸切除術（Orchiectomy）這件事情，彷彿給了他們比癌症確診更巨大的打擊。你們都知道，這些平均年齡皆逾七十歲的老人家或許再也沒機會生育，甚至是再一次享受魚水之歡，但這對他們而言仍然是一場悲傷的告別，彷彿過去有過的美好時光與榮耀，都將隨著這樣的手術遠去似的。曾經有過這樣一位老先生，總愛遊走在各病床邊串門子聊天，卻在手術之後終日頹坐床緣，連查房時的問好也顯得有氣無力。有天他的床位忽然空了下來，護士轉述道：「他在昨天太陽下山前，撐著枴杖離開病房，說是要去買玉米……就再也沒有回來了……」

你想起他在開刀房裡，那雙掀開花色舊圍裙的皺瘦雙手，教科書上那些精準條列的治療流程忽然間都混亂起來。回過神來，你望向下一個剛住院的攝護腺癌老先生，感覺到有什麼在喉頭一哽，怎樣也說不出口了。

沒有光的航道上

還在台灣實習時，常有前輩們把外科醫師比喻為船長或舵手，而每個手術就像一次海象未知的出航，無論浪濤洶湧，或者迷霧紛起，只要領航者的判斷與決策無瑕，大多可以引領著患者與團隊平安入港，回到自己溫暖的故鄉。而在高科技的儀器與術前檢查皆不虞匱乏的台灣，外科醫師大多有著麻醉師與周邊團隊的強力後援，因此在來到非洲以前的實習生涯，你的確未曾想像過，一段沒有光的航旅，會遭遇怎樣的情景。

*

那是一個剛下診的中午時分，穿過斑駁的長廊，團長的腳步愈走愈快，你跟在後方，一邊冒汗，一邊讀著會診單上難以辨認的字跡。七天大的寶寶，背後有巨大膨起，發燒，下半身無力。還沒讀完艱澀的病史，你們的步伐已經行軍至醫院最角落的房間，「砰！」的一聲推開大門，一種記憶深處的氣味令你瞬間清醒。溫熱的濕氣與乳香從幽暗空間爆發，過飽和的啼哭聲與雜亂無序的保溫箱隨處散落，這裡是醫院中隱匿的暖花房，是史瓦濟蘭最後一線的新生兒室。

你很快的感受到房間裡兩股極端的氣氛：一邊是迎接新生命的喜氣，袒胸露乳的母親坐滿長椅，雙肘像艘安穩航行的船隻輕捧嬰孩，溫柔餵養著他們出生後最甜美的餐食；但另一邊，幾個年輕的女孩卻滿臉焦慮，有的伸手撫摸著因為發育異常而形狀怪異的寶寶頭顱，有的繞著保溫箱來回踱步，替箱中插滿管路的早產兒靜靜默禱。你們在護士的引導下走向其中一個保溫箱，熟睡中的嬰孩腰間裹上層層紗布與繃帶，你們小心剝下，那駭人的囊狀隆起便毫無保留的顯露出來，宛如一座即將爆發的火山口，緩緩的滲出淡黃色液體。

那是台灣等已開發國家已相當罕見的脊髓脊膜膨出（Myelomeningocele），是新生兒各種先天性脊髓畸形當中，最嚴重的一種。透過現代化的檢查與技術，罹病的寶寶不是在離開母親子宮前已終結生命，便是在早期即可透過手術修復完成。然而在醫療資源匱乏的非洲地區，許多患有此疾病的嬰兒都得等到出生後才有可能被發現；即使接受治療，仍有接近十五%的患者會在未來五年之內死亡。在就醫可近性與經濟能力都極為貧困的史瓦濟蘭，那些因為延誤治療而無法存活的孩子，更可能成為官方統計的數字中，無法顯現的悲劇。

嬰孩彷彿從惡夢中驚醒般哇哇大哭起來，你回想胚胎學課本上面的圖像，當上天忘了關上這些孩子脊髓後的大門，當神經組織逃難似地從門縫鑽出至皮膚表面，屬於孩子們的夢魘便沒有止境的循環下去。嬰孩纖瘦的母親站在床頭，所謂的產後發福對她而言是全然不存在的，那長期營養缺乏而虛弱的身子使得不諳英語的她，看上去像是個十六七歲的高中生。透過護士的翻譯，你們告知了嬰孩需要手術的消息，她一邊聽著，一邊懵懂的點了點頭。

那些台灣媒體最熱愛的嗜血題材都在這裡了：未婚未成年的母親，無法痊癒的疾病，難以翻身的貧困……，這樣八點檔鄉土劇才會出現的橋段，在史瓦濟蘭卻幾乎天天上演。你想起不久前，報紙頭版甚至整版報導著一對父母為了約台幣一千四百元的金錢，竟把自己親生女兒販賣給陌生男子的悲慘故事，心中明白眼前要對抗的永遠不會只有醫院裡這些煎熬的孩子們，來自家庭、生活與社會的枷鎖，才是這些疫病真正的根源。

嬰孩的母親終於簽下了手術同意書，字跡在昏暗的光線下顯得潦草。孩子的父親與高中女孩的家人始終沒有出現，她知道自己做的是什麼決定嗎？當台灣同齡的女孩還在關注著新款手機或模擬考分數時，她已經在決定著一個生命的生死了。你抬起頭，恰好與她的眼睛對望，那幽黑的瞳孔除了淡淡的無奈與恐懼，讀不出太多的表情；忽然之間，你們都說不出話了，沉默如此深邃，彷彿可以把四周的光都吸收進去。

*

開刀房又停水了。

你側著身，讓一旁的護士提著水桶與小盆從你指間淋下，深褐色的消毒水在水槽底形成巨大的泡沫。在非洲不能不習慣這樣的意外，乾淨的水源與器材，貧乏的藥物與手術時間，限量是殘酷的，這裡的醫師偶爾也像個牌桌上的賭徒，要放手一搏，也要努力將手中的爛牌打到最好。

步向手術台前，嬰孩已在麻醉氣體中進入深沉的睡眠，褪下尿布與小衫，膨出的大瘤顯得更加駭人了。一張張綠色的布巾圍出今日的戰線，你們對峙，接著下刀。站在第一助手位置的你輕輕夾起皮膚與筋膜，忍著心中的恐懼，向下探尋至脊膜膨出的深處。你們隱隱知道，無論是最好或最壞的結果，都即將在此揭曉。

接著，動作停了下來。

原本應該出現在那裡的神經組織都消失了。微微滲血傷口下空蕩蕩的，除了一些難以辨認的膜狀遺骸，剩下來的，就只有空氣中難掩失望的沉默。或許是先天發育的異常，或許是太晚進行修補的工作……但眼前發生的便是發生了。你們安靜地一層層將嬰孩背後的傷口縫上，巨大的火山口消失，細細的傷痕宣告著這是一次成功的手術。在你們的修復下，這個嬰孩可以大大降低因為感染而致死的機率；但你更明白，他依然無法像其他哇哇大哭的孩子般踢動雙腳，無法像你一樣騎著單車去冒險與浪遊。而他的母親會一樣的疼愛他嗎？還是就會像醫院邊陲那些從小被遺棄的無業少年，從此在這古老的病院度過漫長的一生？

手術結束。麻醉護士輕拍著嬰孩準備拔除氣管內管，你們摘下手套與綠衣，像是暴風雨中精疲力竭的水手們，今夜的航道上面沒有光，而你們即將靠岸了。這畢竟不是冒險漫畫或小說中的情節，不是每個故事的結局都會有英雄主義般的收尾，但逆天對抗疫病的美好一仗，你們確實已盡心竭力的打過。奮力喘氣與咳嗽，趴睡中的孩子彷佛害怕被這個世界給遺忘般激動大哭起來；手術室的大門被打開，那生命力豐沛的哭喊漸漸變小，終於淹沒在廊上家屬的喧囂之中。

*

一個多禮拜後，單親媽媽帶著孩子出院了。你再三叮嚀著回診檢查的時間、嬰孩可能發生的急症或異常，而她依然延續著同一張懵懂的臉，點點頭，把小孩用布巾緊綑後背，提起另一捆花布捲起的衣物，向你們道謝著離開了病房。你目送著他們母子離開，手裡謄寫著另一份幾乎是複製貼上的病歷：兩天大的女孩，後腰處異常隆起，有淡黃色滲出液體……後天又是開刀的日子，而你知道無論光明或黑暗，你們都已準備好再次鳴笛出港，直到航道的盡頭。

無聲的問診術

你還記得初入醫院要接觸病人前，理學檢查是每個醫學生必要的基本功，其中最基礎的四字口訣便是：「視、觸、聽、敲」。然而在醫療儀器發達，檢查系統日益先進的現代，許多醫師開始仰賴電腦螢幕上的數據與影像作為診斷的工具；有時病人量一多，這些耗時的基礎檢查往往會被省略跳過，醫師花在病人身上的時間少了，面對螢幕的時間多了。老一輩的醫師總會開玩笑說，未來也許會出現輸入幾個關鍵字便能跳出診斷的作業系統，到時候如果看見滿街失業的醫師，也不用太意外了。

來到非洲之後，語言的溝通卻往往成為行醫時的巨大困擾之一。史瓦濟蘭語就像當地人們的日常生活般，節奏緩慢而時有長音，而語句間總是情感豐沛，宛如教會中吟唱的慢歌；有時不解其意，但抑揚頓挫的音調像非洲鼓音般擊來，或多或少還是能猜出說話者的情緒。雖然如此，史瓦濟蘭語仍不是個容易上口的語言，除了字詞本身常有單複數變化外，許多用到喉間與彈舌的發音對你們而言也是一大障礙。你有時模仿著當地人顫動喉音，不知怎地聽起來就像是清喉吐痰般刺耳。面對許多不諳英語的老人與孩子們，你們最終還是得拉著護士甚至是路旁的警衛或家屬充當口譯，整個問診才得以繼續下去。

然而隨著病人潮水般湧入，在翻譯人員不在時，內外急診區的外籍醫師們也不得不自行演化出一套無聲的問診術。你曾看過一位非當地的醫師在缺乏翻譯的情況下，試圖比手畫腳處理一個愛滋病患的內科問題；他們面對面，彼此時而手語晃動，時而口中發出奇妙的狀聲詞。只見醫師用筆燈照了照對方的口腔，聽診器前前後後聽了一遍，隨即按照皺舊的病歷紙本又洋洋灑灑的開下一堆新的處方。患者一臉困惑，那醫師抬起頭，指了指藥局的方向，起身握住患者的手與左肩，露出大大的微笑。不知怎麼地，患者也放心的笑了出來，一臉滿意的轉身向藥局走去；那樣奇妙的互動，近乎你只在醫學史裡讀過的巫醫，彷彿在某種固定的儀式之後，就可以把體內帶病的惡靈們驅逐殆盡。

相對於過往醫學院中的嚴謹與實證，這樣的醫病互動看在你們眼裡，既是新奇，又有些膽戰心驚。但當你坐在看診椅上，經歷漫長排隊的患者走入診間，你就是這小小世界裡唯一的醫師了。從硬背幾個常用的關鍵字發音開始，你發現，其實歸納出患者主要的問題所在後，許多資訊仍可透過無聲的問診術克服。用手機顯示的月曆協助患者量化時間，慢慢拼湊出疾病的蛛絲馬跡；無法口語獲得的訊息，也唯有仰賴那些細心的敲敲叩叩，那些豎耳安靜的聆聽，你才得以像是穿越時光隧道般，用一種更古老卻貼近病患的方式，尋找疾病的樣貌。

踢到鐵板的一次，是病房來了鄰國的莫三比克大叔。你們與護理人員圍在床邊，像是一群摸象的瞎子，有人翻著外院潦草的手寫病歷，有人量測體溫與血壓，你比手畫腳示意他遵照你的指令好進行神經學檢查。把資訊拼拼湊湊，眾人除了知道對方血壓高、右半身無力之外，卻沒有人對於這次住院的主訴有所共識。焦心之餘，你們好不容易找來略懂葡萄牙語者仔細詢問翻譯，這才發現病人抱怨的其實是下背疼痛。連忙送去X光室，一個疑似結核菌的腰椎感染赫然在黑白的片子上張牙舞爪地顯影出來。你心下駭然，一方面卻又暗暗慶幸沒有錯過這項重要的診斷。

往後兩週間，你們預防性的投藥，每日到床邊巡看病人。莫國大叔總是瞪大了眼看著你們走來，或者把聽診器放在他的胸前，或者舉起他的腳測試肌力……每每對上他的眼神，你猜想他始終是不明白你們究竟在治療什麼，但每次離開前，他都會回應你們淺淺的微笑，順著你們的手勢豎起他的大拇指來。你望著他，想起電影《E.T.》裡那隻發光的手指，在無聲的問診之間，那些平時醫病間無法企及的細膩互動串起了病榻與白袍，彷彿那裡真也有道無形的光，暖暖地將你們彼此連結起來。

染色戰爭

無菌的綠單上已染上一片血紅，你雖然打過局部麻醉，虛弱的黑人女子還是在病床上不斷哀鳴。這是你們第一次在這裡遇到嚴重膿胸（Empyema）的病人，帶你的主治醫師放了幾次胸管未果，決定換你繼續努力；而病房跟來的護士站在床的另一端，只顧著低頭玩手機，毫無戴手套來幫忙的意思。

對於這樣事不關己的冷漠你其實已漸漸習慣了，有時遇到當地的護理人員就要有什麼都自己做的覺悟，這是前輩們教你的。

忽然的噴氣聲從你手心傳來，你的指尖感到阻力一弱，連忙撐開肋膜，另一手拿起胸管向前推送，惡臭與膿血終於一起從管線中流出。對面的護士有如大夢初醒，這才開始拆卸紗布與膠帶，擠到你的身旁替患者做包紮。你拿過空罐，將黃褐色的惡膿收集起來，頭也不回的往檢驗室走去。

「關鍵的檢體，給當地人檢驗不放心，就要自己去做染色。」這也是前輩教你的。

快步走入新大樓，你忽然有種穿越時光隧道之感。雖然相隔不到五十公尺，這棟充滿先進設備與嶄新辦公室的建築在百年老醫院裡，就像是海市蜃樓般的不真實。明亮的燈光、清冷的空調與按壓指紋才能通過的工作門，你彷彿從資源匱乏的史瓦濟蘭，轉瞬走回熟悉的台灣醫學中心。

但這裡終究是非洲。限量是殘酷的，許多基本的檢驗往往因為試劑的缺乏而暫停施作；制度是鬆懈的，檢體弄丟或報告發錯的事件時有所聞。但更讓你們難以適應的，是這裡被調慢的時間；在台灣或許幾個小時便能打出報告判讀的檢驗，這裡能在隔天看到結果就得心存感激；也因此有時為了求快求準，你們不得不親上火線，重拾在許多台灣的醫院中，早已全權交給檢驗部門的技藝。

染色，一種發明超過百年的古老檢驗法，在醫療資源缺乏的非洲，這些歷久彌新的技術便成為你們對抗疫病時，重要的武器。他們是檢驗室裡的照妖鏡，短短幾分鐘內，便可讓檢體中的菌種無所遁形。染色的步驟雖不算繁複，卻相當講究精準與次序。為了避免汙染，你們必須在酒精燈下將接環烤得火紅，像是要把上一回檢驗的疫菌焚燒殆盡般，靜待空中小圓圈的火光漸漸暗去，方能開始進行採樣。從惡膿或痰血中沾起檢體，小心塗抹在透明玻片上，輕輕刷過酒精燈上方過火；這些疫菌便像是中世紀被釘在十字架的囚犯們，固定在玻片上動彈不得了。

檢體常用的染色大抵可分為鑑別陰陽性菌種的格蘭氏染色（Gram Stain）與鑑別結核菌的抗酸性染色（Acid-Fast Stain）。你們站在實驗室髒舊的大水槽前，玻片列隊排好，藍色的初染劑向下一倒，計時開始。時間的精準在染色中往往扮演關鍵的角色，在染色的初染、媒染、脫色與複染四大步驟中，脫色的過與不及往往決定整個染色的成敗。有時忘了時間，回頭時所有初染劑皆已被脫刷殆盡，又或者趕著拿起檢體，複染劑完全無法染上，你們都得重新讀秒再染一次。唯有試著去駕馭自己焦慮的心，染色才能趨近成功。

帶你的資深主治醫師對於染色可說是經驗老到，有時染色結束還沒拿至顯微鏡下觀察，對著若紫若紅的玻片向光一望，對比著病灶的來源，心裡的診斷已大致有了譜。果不其然，這回你們在高倍顯微鏡下又看見了一群張牙舞爪的粉紅色桿菌；它們像野火般囂張燃滿你們的視野，彷彿帶著一種對戰的姿態對你們宣告：你們來晚了，我們早已占領了整片肺葉。

但這並沒有讓你們感到沮喪。因為你知道，只要有適當的引流與抗生素施打，你們仍然有機會在這場戰役中獲勝。

沮喪的是你似乎永遠無法適應這裡的病房。當你午後再度巡看病人，當地護士一如往常地圍著護理站中的暖氣聊天，看見你推門而入，才心不甘情不願地起身跟來。病榻前的黑人女士已經沉沉睡去，你交代了每天要記錄的引流量、清潔傷口的重要性，對方一邊點頭抄寫，一邊碎念著這會讓她們手忙腳亂。你裝著沒聽見，交代完畢後正想加速離開，卻忽然被笑著喚住了腳步：「喂，有錢的台灣醫生啊，你看你讓我工作多這麼多，是不是該給我一些加班費呀？」

你愣了一愣，原來在當地人眼中，你們這些黃皮膚的台灣人也是被染色過的一群：慷慨的捐贈者、全國屈指可數的專科醫師、工作狂熱分子、只相信自己人與技術的小圈圈……就像你們眼中的黑人們，也總是慵懶、無序且容易遺忘承諾一樣。

這將永遠不會僅是一場抵抗疫病的戰爭，對於彼此早已歪斜的想像，也許才是這樣的醫療體制裡，你們真正要對抗的敵方。

印記

你來到診間時，他就蹲在牆角，低著頭，任憑護士機槍般的字句，一遍遍掃射他的身體；一旁遮著臉的女孩，輕輕搖晃背上已熟睡的嬰兒，彷彿再多一些不幸的訊息，就會將他的夢境驚醒。看見醫師來了，護士們急忙起身向你解釋情況，一邊吆喝著病人捲起褲管，那些印記便這樣不甘願的展開了。你故作鎮定，但即使看過許多病案，這些駭人的印記總是那樣深刻的躍入眼中，撼動你的胸口。

那是一雙已被瘤塊與膿水攻陷的腳，彷彿並不該屬於人體的一部分。

卡波西氏肉瘤（Kaposi's sarcoma）是愛滋病患者中最常見的腫瘤之一，其在皮膚上所呈現的燒痂或藍黑腫塊，往往是病者們最害怕示人的印記。然而在史瓦濟蘭等非洲國家，貧困與教育往往延誤了病人的診斷，當這些皮膚上的潰瘍與惡瘤舉兵攻城而來，早已潰不成軍的免疫系統很快便舉起了白旗。也因為與愛滋病的關係十分密切，對許多病者而言，這些傷斑宛如古老的黥面，不僅刺上當地文化賦予的罪惡、骯髒與羞恥，同時也刺傷他們早已淌血的心房。

大熱天或冷雨天，這些卡波西氏肉瘤的患者們總是把自己包得恰到好處，在每週五的上午魚貫走進愛滋病的專屬診間。有些已經是老病人了，他們總是主動捲起衣袖，並習慣性的在化療藥劑打入血管時露出收斂後的痛苦表情；新來的患者往往比較緊張，有人像是個孩子般需要醫師又哄又騙，才肯伸出手臂來打下宛如毒藥的一針。但無論是哪一種，都要比從肺結核門診或其他門診初次診斷的患者幸運多了。就像你眼前的他，在噩耗宣布的那一刻起，彷彿每一條離開診間的回家的路，都跟著這個晴天霹靂的診斷，斷了。

你靜靜的聽著他說，細小宛如蚊鳴的聲音背後，是無比巨大的恐懼：他成了自己過去鄙視的人，他知道新的印記很快會蔓延至衣袖無法遮掩的地方；曾經是他玩笑中出現的惡靈，如今緊緊依附他的身體，吐納著死亡的氣息。他時而切換語系，時而懇求你與當地護士，給予他任何消除肉瘤用的化療，唯獨轉診至愛滋病的門診治療一事，他抵死不從。你雖然用盡了腦中的字彙與耐心，但終究在病者的低泣聲中，宣告棄守。對於這樣無理的固執，你有些激動，一時竟分不清楚是對於病者還是自己的憤怒。正不知何處發作時，他緩緩起了身，牽起身旁太太的手向你道謝。「Maybe...I will try it when I'm ready...maybe...」

在眾人驚訝的眼神中他轉過身，一拐一拐走出診間；外頭暖暖的陽光伸出雙手，輕輕縫合著他們易碎的腳步。那對依偎的背影在石子路上愈走愈遠，終於漸漸消失在遠方。下週的他是否會準時在診間出現？當他回到自己的大家庭中，原有的生活是否會崩壞殆盡呢？或許你永遠不會明白，或許比這些腫瘤更惡性的印記還是會持續透過世界的眼神，深烙在這些病者的身上。

但他們不會是孤獨的，你知道，在這個世界上，還有一群以白袍為印記的人們會繼續守在這裡，繼續陪伴著他們戰鬥下去。

MAMA

你其實一直都不知道她的名字，只是剛見面時她女兒這樣叫，也就跟著叫了。MAMA，念起來像是「ㄇㄚˋㄇㄚˇ」，你想在史瓦濟蘭語裡面，那大概就是母親的意思吧。

每次遇到MAMA的時候她都是帶著微笑的，雖然再沒有醫學知識的人都看得出來，病床上的女兒狀況並不好。找不到原因的感染，入院後才驗出的ＨＩＶ陽性，還有三天前開始急轉直下的意識與病情……有時候，你真的不明白她怎麼還能對你們擠出這些笑容來。季節更迭的陰雨天，病房的溫度總是冷得令人打顫，MAMA駝著背，肩頭披上厚重的彩色布毯，一個人吃力地替臥床的女兒翻身，額上滲出粒粒汗水。看著她小小的背影在病房裡緩慢行走，總使你想起鍾理和筆下那些田裡的農婦們，可惜的是，在這裡並沒有什麼值得歡喜的產物或期待，可以讓她在揮汗之後收割。

病房鮮有令人振奮的好消息，其實一直與當地效率低落的護理系統脫離不了關係。原本在台灣習慣以電腦處理的文書作業，這裡統統換成了四散工作車上的凌亂紙堆；欠缺完整的交班制度，跟著你們巡房的護士對於患者的現況大多一問三不知，就連調閱重要的X光片等檢查資料，都得現場奔走在護理站或檢驗室間。若是你們要求一天超過兩回的血壓血糖測量，或是多替病人翻身換藥幾次，就足以讓這群身披白衣的大姊們跳腳抗議上半天。「醫生，我們的人力是不足的！」而每次像這樣抱怨完的冬日下午，你卻總是看見她們群居在小房間裡的暖爐旁，一邊啃著蒸玉米或小麵包，一邊對著牆上的下班時間倒數計時。

也因此MAMA在病房裡的出現，對於你們與病患而言就像是受盡風霜的朝聖者們，終於遇見了天使。不同的是，MAMA用雙腳交換了翅膀，微笑取代了光環，穿梭於各病床間的她，比起護士們竟鮮少是坐下來過的。有時你們早來了病房，護士們還懶洋洋地在整理文書資料，MAMA就先陪在你們身旁，細心翻譯來自各床的病痛；有時見到肺結核的患者臥床猛咳，她也反射性的趨上床前，扶住他們的肩頭輕輕拍痰。午後往往是你們進行侵入性檢查的時間，遇到需要脊椎穿刺的時候，她與護士們一同替患者翻身，一同緊抓那彎成弓形的虛弱軀體；好幾次你無法一針成功，MAMA便像是哄著嬰孩般溫柔地對著萍水相逢的病患低語，她沙啞連綿的聲音宛如神祕的施咒，而原本掙扎不已的病患這才慢慢平靜下來，讓你順利完成檢體的採樣。

原本家屬是禁止在醫師巡房時進入病房區的，MAMA卻難得打破了這個慣例。由於住在偏僻的鄉間，MAMA幾乎是把一身的家當都裹進她那厚重的花布巾裡了；在冰冷的地板上把毯子一鋪，從皺舊的提袋拿出一日伙食必備的廉價豆奶擺上床頭，屬於MAMA的臨時值班室就這樣布置完成了。知道MAMA打算在此長期抗戰，護士們似乎也樂得輕鬆，有時要更換床單等雜事索性找著MAMA一起幫忙，也因此你每每經過病房時見到這場景，總對於眼前兩人有著身分互換的錯覺。

某次寒流又來，值班的四個護士全躲進了護理站溫暖的小房間內，MAMA披著毛毯，手中捧著午餐送來的熱飲直呵氣，你忍不住蹲下來問她是不是該回家多拿些衣服來，MAMA笑笑著說：「太遠了，轉車就要兩個多小時，又花錢。我們以前也都是這樣躺在地板睡的啊，醫生不要擔心我，快點把我女兒醫好，我們才能回家啊！」你對著她苦笑，一邊跟她解釋著醫院裡的抗生素又缺貨了，真的要治療，勢必得到外頭藥局自己購買。她接過藥單，對著一旁掛上氧氣罩的女兒露出焦心的表情，微微嘆了口氣，隨即轉過來向你道謝，說一定會試著去買買看。

但在那波寒流結束以前，MAMA就離開了病房。根據護士的轉述，女兒是在半夜無法喘氣而過世的，「咦，我們是上白天班的，真的也不知道昨天發生什麼事啊！」一如往常的她們聳了聳肩，催促著你快點往下一床繼續查房。病房裡的空氣依然冷冽，咳嗽聲依舊遍地開花般四處響起，你望著空蕩蕩的床鋪與地板，下意識地動手拉緊了身上的白袍，感覺氣溫忽然向下掉了幾度。

Carry you home

回到辦公室，脫下塵菌布滿的N95口罩，你深吸一口氣，頹坐回電腦之前。把耳機塞得很緊，打開電腦點擊播放器，吉他的刷和弦流瀉出來，是James Blunt的〈Carry you home〉。你把雙手壓住兩邊的太陽穴輕輕轉動，每次經歷這樣的時刻，唯有透過音浪圍建出獨處的結界，才能把耿耿於懷的不安洗刷殆盡。爵士鼓的節奏響起，副歌在鋼琴的合音下顯得更加壯闊了：「...I'm watching your breathing/for the last time...」

即使是每週都會上演的情節，也不是說要習慣，便能習慣的。

宛如電影裡常出現的二戰後送醫院，史瓦濟蘭的一般內科病房並沒有給予病人太多的私人空間。以疾病與嚴重程度作為分區，預後最糟、感染性最強的愛滋病與肺結核患者，往往都被安排在整座病房最後端的兩個分區（Cubicle）。幾位愛滋病已達到嚴重消耗性綜合症（AIDS Wasting Syndrome）的患者，更是幾乎動也不動的終日臥床；唾液完全不受控制的從嘴角流出，眼球微微翻白而對於你的呼喚完全無感，若有什麼可以用來界定這是一個真實的生命體，大概也只有那乾瘦至幾乎見骨，隨著微弱的吐納緩緩起伏的胸口了。

受限於當地的文化與有限的設備，這裡對於末期的患者幾乎不予急救，也沒有所謂生命徵象的監測儀器。少數幾個氧氣輸出口，還得依照病患危險的程度輪流共用，彷彿一群落難於無人島的難民們，共享著極為稀有的淡水資源似的。而今日的病房從上午便充滿了不祥的氣氛，兩個位於最角落的患者掛上了氧氣後仍是氣若游絲，窗邊倚著一個二十來歲的女孩；身著當地便宜的大布巾，搭配著泛黃的破T-Shirt，一直陪在病榻邊的她似乎已有許久沒有梳洗了。一邊咬著指甲，一邊瞪大著眼睛朝你們望來，瞳孔深邃得好像可以把白袍下的你完全看穿。

你直覺情況不妙，趕緊與主治醫師快步走近病榻一瞧，那幾乎貼到後背的胸壁竟已完全停止了起伏。聽診器下安安靜靜，X光片中那同樣瘦小的心室，在完成了最後一次收縮後，終於永遠的休眠了。沒有慌亂的壓胸急救，沒有複雜的插管與輸液，更沒有台灣家屬們激烈的爭吵或哭喊，只見輪班的護士反射性地輕輕把她摟住，聆聽主治醫師最後的宣讀。不知是太常在病房上演，還是家屬們自己也早已有了心理準備，女孩輕輕抽了幾口氣，嗚咽起來，在攙扶之下慢慢離開了病床。四周的患者與護理人員安靜繼續著手邊的日常，一切的哀傷與悲痛，在這裡原來可以是如此收斂的。

午飯過後擔心著另一名狀況不佳的患者，你掛上口罩又到病房巡了一回。此時恰好為會客時間，一群身著綠色制服的教會人士圍繞在倒數第二床病人身邊，一面合音高唱，一面將手按在老奶奶的額前。那簡直就像你只在醫學史中讀過的古老巫醫儀式，而圍成一圈的信徒們無不緊閉雙眼，身體隨著歌聲的起伏不住地顫抖，彷彿魂魄早已離身而出，溝通著另一個你雙眼無法企及的世界。你心中微微一凜，那床原是另一個你們評估可能撐不過這個禮拜的病人，上午還意識狀況不佳的老奶奶此時眼睛微微睜開，似乎正與綠衣信徒們同聲合唱。你不敢趨前打擾，心裡暗想精神狀況既然好轉了，或許能度過這一關也說不定。手裡拿起的病歷輕輕放回架上，你帶著一種厄運終於散去的錯覺，走回了辦公室。

下班前一個小時，接到病房電話說X光片終於回來了，來到病房還沒抽出片子來看，你卻很快注意到倒數第二張病床意外地空了下來。「那個病人去哪裡啦？我沒有幫她辦出院啊？」你想起老奶奶在意識改變前曾有一陣急性譫妄，不斷吵著要出院，該不會狀況一好轉，就被沒概念的護士給放回家了吧？

「她過世了，大概三十分鐘前吧。」護士意興闌珊的盤點著藥物，句子緩緩從口中吐出，語氣像是在說著：「嗯，外面開始下雨了。」那樣地不帶表情。你壓抑著心中的震驚轉過身來，歌唱的人群早已散去，兩個身著制服的壯漢正推動著一只白色的小箱朝病房的大門走來。你請他們將小箱掀開，那位老奶奶就躺在裡面，身體看起來不知為什麼變得好小好小，像是電影《魔戒》裡那位老去的哈比人爺爺，正在安詳地作著一個很深很長的夢。

推床的黑人大哥邁開步伐，繼續推著老奶奶移動而去。像是家屬的兩位年輕人在後面跟著，只是止不住的掉眼淚。白色的小箱子就像一艘航行中的小船，穿過病房兩側拍打而來的咳喘與呻吟，穿過走廊上四處拓展的斑斕布毯，搖搖晃晃的離開了。她終於要出院回家了嗎？你背向病房站立著，而那些激動的祝禱聲彷彿還在耳邊共鳴，指引著那些走失的靈魂們，尋找著返家的路途。

輯三、

島與島間，小人物誌

臥廊者

穿越臥廊者的群居之地，你總得小心不要撞上四處奔跑的孩子們，小心不可打擾陶醉於經典與詠唱中的傳道。你也開始慢慢習慣，在你離開或走進病房的時候，他們充滿期盼或驚慌的目送。而這些臥廊者們似乎是日日跋涉著陽光而來的，清晨醫院剛開張時僅有三五人，到了晴朗的正午時分，整條空中走廊上已經找不到可以安坐或靜躺的位置，直到夕陽緩緩西下，那擁擠的人潮才收起行囊，隨著晚霞漸漸散去。

由於史瓦濟蘭政府醫院的規定，病患家屬大多只能在主治醫師查房外的時間進入病房，有別於台灣在病房內成群結隊的親友團，這條總是掛滿陽光布簾的空中走廊便成了史瓦濟蘭的家屬們，最佳的棲居之處。說是棲居，其實是一點也不為過的，套一句L

醫師某次帶著你走過長廊時所說的話，這裡的人很窮，他們最富有的資產，就是時間。幾個飯盒，幾張舊布毯與被褥，沿著空中走廊的兩側攤成一片片色彩斑斕的拼貼，坐臥下來，一個上午或下午便這樣靜靜的過了。許多慢性病的家屬甚至以接近遊牧民族的姿態，逐患者的病房而居，直到他們等待的人以各種不同的姿態離開這座病院。雖然看似擁擠紛亂，臥廊者之間似乎存在著一種無聲的默契，無論人數爆增或零星而來，最終都能在此尋得一塊怡然自得的角落。

新的日常與規律，似乎也是在這樣緩慢的時間中被建立的。這裡隨時可見袒胸的母親輕輕搖晃嬰孩，吸吮著或許是全家唯一的養分；唱作俱佳的牧師離開急診室後來到這裡（是的，他們對於傳教這件事情偶爾也有輕重緩急之分），他們帶來上帝的隱喻，也帶來新的歌謠。但其實更多的時候，他們只是默默的野餐、靜臥，眼睛轉啊轉的看著你與其他路人的腳步遷徙著，彷彿除了等待時光流動以外，其他的事情都是多餘的。那樣寧靜而空然的神情，大概只有詩人廖偉棠的句子，才能形容得真正貼切：「如今我只想靜靜的／躺在一個人的身邊，／任天上流雲的影子／千年如一日的飄過我們的臉。」

你有時會想起高中幾次穿越台南公園（以前的中山公園），與街友們遭遇的經驗。那彷彿是從城市最喧囂之處走入了某個神祕的結界：四散在長椅與草地的紙板、寶特瓶與玻璃瓶堆滿的小拼裝車，加上走幾步就能聽見的髒話與外國語……午餐時間一過，他們便帶著掙來的啤酒與幾枚零錢聚集起來，在石桌上攤開皺舊的紙牌或象棋對陣一個下午，過往的落魄、夢想與故事彷彿都可以這麼梭哈下去。你有時很難辨認他們的表情，其中是否帶著開心、悲傷，但隱隱約約感受得出來，他們努力馴服著現有的生活，也正無奈地被生活本身給馴服著。

雨季來了。雷鳴夾帶著巨大的冰雹擊落鐵皮屋頂，這是非洲大陸上最天然，卻也最震撼的空襲。氣溫忽然降得很低很低，雨水從各個縫隙滲流或潑灑入廊，漸漸淹積成小小的水潭。臥廊者們捲起彼此的行囊與布毯撤退至病房外，不知道接下來要遷居到哪個地方。

不知為什麼，前陣子那則由某位市議員提議在寒冬中以潑水來驅逐遊民的新聞，不自主地在你的腦海反覆撞擊。人們之所以時常無法轉移對於露宿者的關注、同情，甚至是畏懼，是源自於害怕自己擁有相似的生活，還是對於自己無力改變眼前現況的厭惡呢？

雷雨持續暴擊著，而你隱隱約約感受到後頸上的聽診器，忽然莫名的沉重了起來。

驅魔者

你初到醫院時，常常因走廊上激動的吶喊聲而驚駭不已；即使關上辦公室大門，戴上耳機，那些鏗鏘有力的口音還是可以穿牆而來，震動你的心房。一開始總以為有人在外頭爭執，有時又像家屬崩潰的啼哭聲；直到某次你穿越人潮洶湧的長廊，這才發現那些撼動人心的聲響，其實是一段段的禱詞與吟唱。

他們是這裡的傳道者，病房外的驅魔者。

身著西裝，手握《聖經》與詩書，傳道者總在上午十點左右來到人滿為患的長廊；面對兩旁或坐或臥病患與家屬，他們有時激動宛如造勢晚會的助選員，有時卻也眼神溫柔，成為家屬們暫時的母親。當你披上白袍走向病房，偶爾交會彼此的眼神，心中隱隱明白，大家原是同一類人。

在史瓦濟蘭等南非國家，愛滋與結核等致命傳染病仍在某些傳統部落中被視為邪靈的化身；但比邪靈更駭人的，是群眾對疫病的誤解與恐懼：許多人將其視為骯髒羞恥的印記，許多人拒絕檢驗或就醫，因為帶病活著往往比死去更為艱難。一位當地的醫師曾經這樣對你說過：「我們給他們藥，治他們的病，但總有一些魔鬼在他們與家人心中，是我們殺不死的。」

而這些驅魔者來了，他們帶著嘹亮的聲喉與誇張的肢體動作，向這些隱匿的魔鬼們宣戰：他們聲嘶力竭，來回穿梭在長廊上數十名家屬與病人的眼神之間，翻譯著神留給這些病痛的隱喻；他們伸手輕觸病者額頂，默念禱句與歌謠，直到病者起身給予感激的擁抱。有人說傳道是教會招攬信眾的一種手段，有人說他們不過是代代相傳的造神者，但每每穿越人群，你總感受到與病房內相似的期盼與安詳，真實的籠罩著每天的長廊。

有時驅魔者們也會偷偷來到病房的深處，無論是外科裡嚴重的燒傷患者，還是內科中感染愛滋病與肺結核的垂死病患，無懼於惡臭或傳染病的風險，傳道者們的祝禱始終沒有缺席過。有幾次為了衛生與感染控制的需要，你本想阻止他們做這些欠缺消毒觀念的肢體接觸，但看著他們或者緊牽家屬雙手，或者輕輕撫著病患發燙的額頭，不忍打斷這動人畫面的你，終於還是等到儀式結束後才把這些對驅魔者們說了。畢竟，那可能也是那些長期臥床的垂死患者們，最後幾次珍貴的禱告。

某日正午將至，驅魔者們在走廊上起了音，卡農般的重唱竟迅速由兩側流瀉出來。不同的聲部互相疊合，孩子們、坐臥的家屬們紛紛起了身，隨著詩歌的節奏搖擺、擊拍；一切如此即興自然，彷彿風與光所交織的隱形樂器皆已入手，一場華麗的爵士演奏便這麼展開了。你呆立在長廊的盡頭，手中握著剛脫下的口罩，忽然明白有些隱匿的傷不是靠包紮而痊癒的，而有些你始終無法觸及的苦痛，在那些持續震動心房的鳴奏間，已悄悄被驅散遠走。

遊行者

"You can take everything away from South Africa, but you can't stop us from dancing."

（你可以從南非奪走任何東西，但你無法使我們的舞動停止下來。）

——Cape Town Magazine（開普敦雜誌）

偶爾會懷念那年期中考前的午後，圖書館的風扇靜靜轉著，你闔上厚厚的生理學課本，穿越空氣間的焦慮與不安，穿越同學們疑惑的眼神，跨上車，沿著山路滑了下去。蛇行而過新莊與三重市區，公車與機車交叉爭道在狹小的馬路上，興建中的捷運工程發出巨大噪音，而你只是持續轉動把手，盡可能把它們都遠遠拋在後方。抵達中正紀念堂前的管制路段，白上衣與黃布條已構築成一條巨大的人流，緩慢但堅定的前進著。遊行者們有人聲嘶力竭，有人幾步一跪，有人放歌舉旗，「挺樂生、去汙名」的呼喊聲在空氣中此起彼落，形成一種撼動心房的節奏。你感覺到講義上剛讀過的腦內啡在你體內不斷分泌，胸口一熱，也大步跟著走了進去。

多年過去，從醫院實習到成功嶺到史瓦濟蘭，你身上的白袍穿了又脫，脫了又穿。錯過了幾次洶湧的街頭現場，出走的熱情被生活愈磨愈薄，利用醫院喘息的時間寫寫文章聲援已成為一種消極的常態。有時候打開電腦，學弟從臉書上又傳送過來某個學運或社運的活動邀請，你總是反射性的按了一下讚，嘆一口氣，在回覆的按鍵上點選了「或許」。那時的你的確從未想到，在不久的未來，你會在氣溫焦灼如火的非洲大陸上，與遊行者們再度重逢。

那是一個整座城市皆昏昏欲睡的午後，你趴在桌前，夢境的大門已經微微開啟；而醫院對街的喧囂聲，也是從那時候開始的，起初僅像是醫院裡常見的傳道頌歌，接著眾人的呼喊漸漸整齊併攏，開始在風中震盪出教會詩歌般的節奏。同梯的弟兄悄悄問了當地祕書後才恍然大悟，那並非什麼宗教聚會或節慶歡喜的嘉年華，而是一場抗議史瓦濟蘭政府漲稅的街頭大遊行。

在四十八％人口每日生活支出低於一美元的史瓦濟蘭，一口氣高達十四％的漲稅噩耗，立刻占據了近日各大報紙的版面。醫院雖然一如往常規律地忙碌著，生活上的細節卻默默的轉動起一種無聲的恐慌：砲轟政府的發言攻占廣播，量販店裡天天人潮爆滿，鮮明的漲價預告在大小店家與商販門口囂張的陳列著；你們雖然也應景似的跟著民眾加入囤積日用品的行列，心裡卻暗暗明白，病房裡面那些衣衫襤褸的患者與家屬們，工地上那些滿身黃土的搬運工人，才是真正在新政下痛苦掙扎的一群。

離開醫院，沿著空氣中響亮的歌聲跋涉，你們快速穿越街口與柵欄，踏入早已人潮洶湧的停車場。遊行的隊伍此時不再嘶吼吶喊，彷彿排練多次般，領隊男子率先起音後，眾人便在每個樂句間合聲出動人的旋律。沿著車棚繞行，遊行者們隨著重唱的音符擺動雙手，雙腳奮力跺地並跟著拍點舞動，他們完完全全沉浸在風中的歌裡，臉上卻看不見憤怒或是扭曲的表情；若不是手上還高舉著標語，還以為誤闖了什麼歡慶的嘉年華會。

這便是南非洲地區著名的「托益托益舞」了（Toyi toyi dance），只見遊行者們的聲音愈趨整齊宏亮，許多原本只是湊著看熱鬧的人群也開始加入舞動的行列。裡面不乏服裝整齊的上班族與醫院員工，大字報上畫著瘦骨如柴的黑人拿著湯匙餵食肥胖政府官員的漫畫，而隊伍持續繞行，樂音不止，遊行者們的舞步不歇，村上春樹是怎麼寫的呢？「只要音樂還響著的時候，就繼續跳舞啊。」這一次，他們彷彿真的可以永無止境的跳下去。

你跟在隊伍的後方，高舉相機一邊攝影，口中卻不自覺地跟著他們的口號輕聲呼喊起來；胸口有什麼東西正在共鳴、擴大，彷彿自己也即將成為遊行者的一分子。這也許只是一時的激情，也許遠方的皇宮裡，貴族們依然愉悅地計畫著下場奢華的旅行。但你更明白，生活是一條容易走失的迷巷，而無論身在何時何處，都不能忘卻要聆聽雋刻心口的聲響，永遠選擇站在雞蛋的那一方。

借物者

宮崎駿在電影《借物少女艾莉緹》中描繪過一個小人族與人類互動的童話世界，為了平日的生活與生存，小人族必須利用夜闌人靜的時刻潛入人類生活之處，「借取」諸如方糖、衛生紙等各種生活必需品。這樣不告而取的借物文化或許很難被所有人接受（例如在電影中，房屋的主人大嬸便將小人族視為老鼠般的生物予以捕捉驅逐），然而這卻也反映著一個族群在與環境及歷史互動後，最真實的生活樣貌。

實際上，借物文化並不只存在於電影裡，現實生活中同樣也在貧瘠的非洲大陸不斷上演。在台灣受訓期間，早就聽聞從史瓦濟蘭回國的學長警告，一旦到了當地，借出去的東西就要有奉獻捐助的心理準備；無論是錢財或是生活用品，甚至是無形的時間，如果不在事後如討債公司般積極地窮追猛討，出借這件事往往有如人間蒸發一般，彷彿從來沒有存在過。

借物是史瓦濟蘭生活的一部分，借物者甚至不需要與原物主有任何相識，也因此借取跟乞討間的界線常存在著一種曖昧的關係。好幾次在市區購物時遇到熱情打招呼的年輕人，明明僅是萍水相逢，卻搖身一變宛如多年好友般拉著你天南地北的亂聊起來。一開始你總誤會是否為醫院裡某個有一面之緣的病人或醫護人員，不久後他們進入正題，你才恍然大悟，原來又是個準備向你「借個菸」或「借罐啤酒」的傢伙。提起地上的塑膠袋，低著頭，你總是略微尷尬地快步走開；而借物者也時常不以為意地一邊揮手，一邊放聲吶喊：「嘿，我的朋友，別這樣嘛！我會還你啦！」他們說完後自得其樂地大笑，笑聲帶著些許無奈，卻又無比老練。

如果以為借物者僅存在於社會的中下階層，那便是對史瓦濟蘭的另一種誤解了。工作穩定，收入也相對較高的醫護人員比那些無助的家屬們更常向你伸手借物。來到病房短短三個月的時間，你被「借走」的原子筆已經遠超過實習醫師一整年遺忘在各護理站的數量；辦公室的敲門聲總是響個不停，借印表機的、借電腦的甚至是借藥品紗布的，有時比真正因為需要診療而來敲門的還多。根據團員的調查，台灣替當地醫院整理的急救車有不少藥品器材早已「外借中」超過一年半載，洗手設備更是有近三分之一已離家出走，不知下落何方。你過了很久才明白，借物與討取在這裡已不是一種生存的驅動，而是一種習慣與生活態度。而這樣的防備之心一旦建立，借物者與你之間轉瞬而逝的友誼則更難以存在。為了不繼續受到借物者的打擾，你從一開始的婉轉拒絕很快轉換為果斷而冷漠的搖頭，有時被問得煩躁，索性切換成聽不懂英文的狀態，謝絕任何借取的文字進入耳內。

直到某個守在急診室的午後，一位中年婦女抱著嚎啕大哭的小男孩走入診間，那雙因摔落而變形的小腿在她的懷裡微微顫抖著，而你一如往常的開立X光檢查單，遞出，母親卻愣在座位上「咦！」了一聲，接著是一連串的搖頭。你把翻譯的護士叫來，母親說，她沒有錢做檢查了，不知道有沒有人可以先借她？護士還沒有聽完她的話便搖搖手離開了，你低頭繼續填寫病歷，試圖要忽略耳邊的這段英文。不到台幣一百元的檢查，怎麼會連自己的孩子也捨不得花呢？男孩持續大哭著，你默默的填寫完綠色的小單子，拿給母親。那中年婦女靜靜聽完你的解釋，沉默一陣，忽然低聲說了謝謝，抱起孩子便朝急診的大門走去。你先是一愣，看見那母親的背影堅定的走入戶外陽光，方才知道剛剛的冷漠差點鑄下大錯。顧不得下一位病患已坐上診療的板凳，你丟下聽診器追了出去，把口袋裡準備要買可樂的二十元當地幣塞進那母親的手裡。

「做檢查！現在！他要住院開刀，知不知道！」你盡力用著最簡單的字彙讓母親了解這張X光的不可或缺，她繼續靜靜的聽，終於轉過身來，又低聲的說了謝謝，這才沿著你手指的方向朝檢查室走去，而男孩的哭聲隨著階梯滑落，在走廊上持續迴盪。你走回診間坐下，背後已是大汗淋漓。曾經讀過一則有關操作制約（operant conditioning）的實驗，科學家把一群猴子關起來，只要牠們想拿取垂掛的香蕉便會遭受水柱攻擊；後來猴子們陸續遭到替換，但新猴子只要一想拿取香蕉便會遭受老猴子們的暴打阻止，久而久之猴子們漸漸都換成了新來者，卻終究沒有一隻猴子敢去摘取香蕉，即使牠們或許完全不知道為什麼。你會變成那樣的猴子嗎？當你拒絕伸出援手時，你真的仔細思考過了，還是另一種純然制約的反射？新病人持續用當地語大聲抱怨著背痛，你一邊謄寫新的病歷，心中卻始終無法安定下來。

那天急診結束後下了場巨大的午後雷陣雨，準備要下班的護士站在門前望向天空，忽然轉頭問你：「醫師，借我一把傘好不好？」你掏出背包後方的摺疊傘遞出，她接過手，看著上面拓印的國旗圖案，忽然改口：「醫師，這把傘送我好不好？」你哈哈大笑，伸手討回雨傘，同時指著小廂型車要她搭上；那護士微微一愣，也跟著笑了起來。你們都知道，這場借物者與被借者間的遊戲，還將會不斷的繼續下去。

日巡者與夜巡者

踩著清晨的曙光，無論寒冷的冬雨或炙熱的盛夏，他們總是比你更早出現在醫院之中。他們不需打卡，卻也不曾在醫院的哪個角落缺席過；以陽光標定工作的時間，以深藍的制服與鴨舌帽標定彼此的身分，配上小小的警棍或反光背心，他們是史瓦濟蘭政府醫院裡的日巡者。

雖然官方的職稱是醫院裡的保全人員，但嚴格來說，視察遊走於醫院各區域間僅能算是日巡者們工作中的一小部分。隨著所處的工作環境不同，日巡者的工作亦演化出除了巡守外的各項任務：門診區的日巡者在維持排隊人潮混亂的秩序之餘，還時常得充當外國醫師的口譯人員；負責病房區的日巡者每日上午總比醫師們更早查房，好言相勸地將不相關的家屬親友請出到走廊之外……然而更大多數的時刻，他們更像台灣醫院裡身著背心的老志工們，替患者家屬們引路，聊天話家常，打發過百無聊賴的等候時間。

相對於醫者的你們，日巡者們也因此與家屬或病患們有著更緊密的互動。他們偶爾會伸出雙手，抱起四處奔跑的孩童逗玩，偶爾也會讓出肩頭，在病患過世時給予痛哭的親友擁抱；他們在每條走廊都有故事，與每個人都是朋友。某日下班從急診室離開，你甚至看見一位日巡者攙扶著雙腳纏滿石膏的男孩，半跛半跳走在夕光閃耀的石磚路上，宛如牽著老人家學步的復健師；兩人最後終於在大門外的草地間一屁股坐下，向一旁的小販買了香蕉剝了吃了。一日將盡前最最溫暖的一點陽光，原來是可以這樣美好而享受的。

七月份時不滿於薪資現況的護士配合著全國性的教師罷課，在醫院也展開了為期三天的抗議遊行。警方進駐院區，平時維持醫院秩序的日巡者們反而輕鬆了起來，他們遠遠看著紅衣的護士們繞行、呼口號，臉上盡是不置可否的表情。見你遠遠走來，便一如往常的招呼攀談，你們談及這次的罷工活動與薪水，你這才驚訝的發現，這些一天輪值約十個小時的日巡者們，平均每日竟領著不到台幣兩百元的薪水。「你們怎麼不去加入抗議？護士一個月薪水是你們的四五倍啊！」這些大男孩們靦腆的笑了一陣，想找段話來回應你，卻始終找不到適當的詞彙。其中一人索性拿起手上的水煮玉米調侃著說，哎呀，已經可以買這個吃了，好了啦！其他同夥頗不以為然地推了他一下，一夥人打打鬧鬧，笑聲中鳥獸散去了。

你羨慕他們的樂天，而護士們的喧囂聲持續從遠方傳來，變得相當刺耳。

*

夕陽的金色粉末斜斜灑來，打亮你滴落的汗水；踏在接近三十度斜角的陡坡走回居住的社區，身著橘衣的小夥子們微笑著朝你揮手，「今天看起來很累喔！」你笑了笑，上氣不接下氣的打了招呼，快步走回了宿舍。天很快的暗了下來，你們一如往常地晚餐，上網，回到各自的房間歇息。南十字星在不久後升了起來，氣溫降得很低很低，橘衣的年輕保全們紛紛披上厚重的大衣，戴起帽子，屬於夜巡者的時間，從現在開始了。

或許是因為僅有下班時見到那短短的一面，你幾乎是不太能想起他們的任何一張臉，只知道夜走得很深很靜的時刻，豎起耳朵聆聽窗外的風，便不難注意到那神祕的腳步聲正在各小屋間流動遷徙。這些夜巡者們繞行時總是帶著枴杖，以一種隨興的節奏輕輕擊地，口裡低吟著無法辨識的曲調，簡直就像電影或故事書中原始的非洲部落，繞著營火搖晃舞動，進行著古老神祕的儀式。

而對於各房舍間的小徑與土路，夜巡者們也早已在腦海中建構出精細的地圖，彷彿閉上雙眼，依靠著雙腳對於土地的觸感，他們也能在社區裡自在的遊走似的。還記得那是來到史瓦濟蘭不久的一夜，濃霧紛起，星月無光，房舍四周的照明又恰好故障，站在路口正不知下一步該踏往何處的你，忽然聽見草坡上一陣細碎的腳步聲。一個夜巡者站在黑暗中，身影朦朧，向你低聲問好。你告訴他，你不太確定回家的路，他隨即遞來巡邏時攜帶的短棍，你一手握著，有如盲人般在伸手不見五指的黑夜裡行走起來。不出一分鐘，房舍的大門已經坐落在你眼前，你轉頭向他道謝，還來不及看清楚他的臉，夜巡者已靦腆地笑了笑，快步走回大霧之中。

你參觀過夜巡者們位於大門口旁的小小值班室，不到兩坪大的小房間裡沒有電力，沒有熱水，颳風下雨時還能勉強躲避，但遇到寒流來襲時，他們也只能拉緊大衣，蜷縮在椅子上顫抖著打盹了。即使如此，他們依然能怡然自得地在深夜來臨時，進入深沉的睡眠中。有次你們回來得極晚，車子行駛在門前無論如何閃燈或按喇叭，值班室裡依舊毫無動靜，直到你自行下車手動開啟鐵閘門，那累壞的夜巡者才幽幽揉眼從房內探出頭來。正要發怒罵人，他一邊抖著身體，一邊低頭說了聲幾乎細不可聞的Sorry，見你不發一語，才大夢初醒般快步跑向鐵柵門口，小心翼翼的將其重新上栓鎖好。

一陣冷冽的風吹來，即使身著大衣，站在車旁的你也忍不住打了個哆嗦。抬頭與那夜巡者對望的同時，你忽然想到去年寒冬，同樣一片漆黑的值班室深夜，有一群害怕手機響起的少年們也總是這樣捨不得離開美麗的夢境，那些原本要脫口而出的罵人話語，終於還是安靜地收了回去。

尋醫者

車身在幾度搖晃後戛然而止，推開已被裹上一層黃土的後門，你們剛剛行駛過的軌跡上仍然塵沙滿布，彷彿什麼風暴悄悄來過。你雙腳落地時感到臟腑微微翻轉，雖然已是第二次在史瓦濟蘭義診，要消化這些漫長的顛簸，原來仍不是件容易的事。快速卸下沉甸甸的藥品箱，穿越尋醫者們殷切的眼神步入診間，你知道，今天將會是忙碌的一日。

前幾次的義診報告似乎是這樣寫的：「……人口的老化與飲食問題，這個地區有超過四成的居民長年飽受退化性疾病所苦……」你腦海中的文字飄浮起來，在眼前重組成真實的畫面：微胖的身材，宛如電影鏡頭下被刻意放慢的動作，這些尋醫者們多由當地上了年紀的婦女們所組成；雖然說是當地居民，但由於小山區各聚落間仍有一定的距離，她們大多需在漫天的黃沙中，蜿蜒數里的上下坡才能來到義診場地。駝著背脊，踩穩每個腳步，拄著枴杖的尋醫者們終於緩緩抵達大門口，彷彿完成一場虔誠的朝聖。

排隊掛號，是尋醫者之間一種古老神祕的儀式，而取代號碼牌的，是這些爺爺奶奶們從路旁撿來的石塊、空罐，甚至是啃過的玉米餅與枯枝落葉。慢慢彎腰，他們仔細的計數，像是某個手造的小藝術品般調整每個信物該有的姿態，一列整齊的隊伍便這樣向外延展開來了。你忍不住上前詢問其中一位奶奶如何在數十個石堆中找出自己的順位，她咧嘴笑了笑，拿起她的小小石塊開始翻譯起當中小小的奧祕：邊緣的鋸齒、淺白的斑紋、與下方紙屑的相對位置……彷彿古老而神祕的符碼，那是一種在貧窮與匱乏的醫療資源間所繁衍出的驚人秩序，如今安安靜靜的躺臥在草地上。

不出所料地，從宣布掛號的那一刻起，尋醫者們像是終於獲得洩洪的大水般淹沒進來。掛號處的病歷紙瘋狂湧出，篩檢區的血壓計沒有歇息的在手臂間遷徙；「醫生，我全身痠痛……」「我的膝蓋很難走路，一走就疼……」當地的公衛護士逐字逐句的口譯出一個巨大的公衛與生活困境：勞力密集的工作、選擇有限的飲食……你們或許永遠無法知道，這些抱怨著後頸疼痛的老奶奶們，年輕時究竟為了生活與孩子們，頂過多少驚人的生活物品，走過多遙遠的路呢？藥單與轉診單在你筆下一張一張寫出，病患們感激而困頓的眼神來了又去，你明白有些人只是需要更多的開水與休眠，但也有更多艱辛的尋醫之路，在越過這扇門後只會更加遙遠而漫長。

午休時分終於到來，你拿起相機走出義診站正想留些紀錄，忽然有人拉了拉你的白袍，原來是剛拿了止痛藥的老奶奶正側倚牆邊休息著。她指著身旁米黃色紙箱，大小寶特瓶裡裝滿調色盤般的自製飲料，「醫生，一罐兩塊錢唷！」你搖了搖手中的可樂罐，微笑著婉拒了。她輕嘆了一口氣，把紙箱重新放上頭頂那條曾經色彩斑斕的布巾，朝著仍在豔陽下排隊的尋醫者們走去了。陽光刺眼，在寶特瓶上折射出各色光芒，她背影微微晃動，彷彿頂上那生活的龐然負重從來不曾被卸下過。你望了望手中鮮紅的易開罐，喝下一大口，感覺胃微微地脹痛起來。

不存在的房間

醫院的洗手設備又被破壞了。這對於原已資源缺乏的史瓦濟蘭而言更是雪上加霜，謠言在病房裡四起，其中最廣為流傳的版本，是來自那個房間裡的報復。

一個在日常的言談中，不該存在的房間。

嚴格來說，那只是兒科走廊盡頭，通往戶外的一個小玄關罷了。每次查房遠遠望去，只知道那裡堆滿了雜物，偶有幾個模糊的人影默坐，在陽光透進來的片刻，才能隱隱看見他們的臉。有次你好奇心起，拉了病房的護士欲一探究竟，她們皺了皺眉頭，偷指房裡的其中一人說：「小心哪！醫生，你不會對他們有興趣的。」

原來，他們是自小被拋棄在醫院的一群。

唐氏症、半身不遂、雙腳外翻的跛行者……令人駭然的不僅僅是他們出生後的診斷，更多的是對於疫病的歧視與恐懼。他們之於醫院的存在就像是巴黎聖母院裡的鐘樓怪人，沒有身分，沒有名姓；若有誰真的記得這個房間，大概也只有送餐至病房盡頭時，廚房裡推著餐車的大嬸，又或者是冷風不停吹來時，急忙要去關起走廊大門的護士們了。幾次走廊上的孩子們玩得興起，追著滿地奔跑的塑膠小球朝走廊盡頭奔去，身後的母親一個箭步上前抓住了他們的手，隨即低頭吆喝起來。孩子的哭聲很快的瀰漫了長廊，而繽紛的小塑膠球默默滾入那個房間裡，始終沒有人去撿拾。

陽光暖暖的午後，這些行動不便的居民會離開房間，循著自己熟悉的路線於醫院與醫院周遭散步。戴著毛帽的大哥時常轉動輪椅，穿梭於中央長廊和病房間與警衛們攀談，他用粗壯的雙臂緊握輪框，搭配著回望旁觀者時那銳利又不安的眼神，使你每每經過都不自主地低頭快步。另一個雙腳外翻的女孩子走起路來搖搖晃晃，宛如最初學步的嬰孩，你一直都不明白為什麼她每天都要辛苦地爬上爬下樓梯，在醫院的各區域間來回吃力的遊走。某個下班前夕，返回辦公室前行經幾乎空曠的空中走廊，見到那跛行的女孩正從最後的幾位臥廊者手中接過他們已不要的橘子，她抬起頭與你對望的瞬間眼神如電，那個懸在心上已久的困惑，終於有了震動的解答。

有時你真的很難想像，這些人真的是破壞醫院公共設備的元凶嗎？

你不知道，但是在當地的護士圈裡，這樣的傳言的確從來不曾間斷。很難忘記一個在外科急診的下午，那個胖胖的唐氏症小弟總算從遙長的隊伍中排到了看診區，只見叫號的護士皺了皺眉頭正不知如何打發掉他，忽然瞥見診間裡還有個外國醫師在留守，便趕緊將他轉來你的桌前。胖小弟挺著他的大肚子搖搖晃晃地把病歷遞上你眼前，沒有名字的綠單上一片空白；他一邊大聲呼喊，而一旁翻譯的護士只是聳肩，完全無法聽懂他的表達。雙方尷尬對視之餘，胖小弟忽然脫下褲子，令人掩鼻的難聞氣息從中竄出，護士們紛紛走避，你繞到後方一看，原來是屁股上一個銅板大小的膿瘍正不斷流出黃色液體。你們趕緊將他領至隔壁的治療室，拿起刀片將膿瘍劃開，被包埋已久的惡臭混雜著斷斷續續的哭喊，在本已雜亂不堪的房裡爆發。你把傷口包紮了，把抗生素與止痛藥都開好了，胖小弟皺著臉看你，還不知道發生了什麼事，直到護士半哄半拉的把他帶離治療室，你才脫下手套，靜靜謄寫完病歷的紀錄。只是在名字的那一欄，始終都維持著空白。

幾週後你在病房又遇見那唐氏症的小弟，他似乎剛從外頭炙熱的陽光下歸來，大汗淋漓地準備回到那小房間去。你跟著他胖胖的背影，才一踏進門內，或坐或臥的居民們都瞪大了眼朝你這個不速之客望來，大概是鮮少有醫護人員會拜訪這個房間吧！地上散落著髒亂的紙板與毛毯，空氣中凝結著不安的情緒，你壓抑著漸漸發芽的恐懼，做出了要幫他檢查傷口的指示。胖小弟終於一臉迷惑地在旁人的協助下脫掉褲子，大大的結痂在相同的位置成形，雖然仍未完全恢復原狀，但至少最糟的感染已然過去。你揮揮手告訴他沒事了，走出了房間，感覺到一雙雙不解又好奇的眼神目送你的背影離開。一個剛換完藥的護士從治療室走出，咦了一聲：「你怎麼從那邊跑出來啊？」

你沒有回答她。陽光從後方斜斜射入那護士們眼中消失的密室，試圖刷洗你的足跡。但你深深明白，那已成為你永遠不會遺忘的房間了。

小販們

每日來到醫院前，你都會經過急診對面那條長長的小巷，那巷裡總是充滿著小販，他們晨起夜歸，彷彿是依附著這些巨大的病院而存在的。從守夜的家屬或趕著參加晨會的醫師，小販們總是微笑的在那裡等待，有些擀著白色的麵粉團，有的不斷翻夾大木盆裡的米線，而無論時間緊迫與否，你總要在某幾家小販前停上一停，再帶著熱騰騰的早餐奔向醫院；即使是在快步中狼吞虎嚥而下，胃袋暖暖的，也總有一種無以名狀的幸福。從醫院下班的時候，新的一批小販已經來換班了，鹹水雞與滷味的香氣在空中較勁，蔥油餅的老伯站了一天卻也未曾流露出疲憊的神情。偶爾警察來了，小販熟練的推車朝著小巷弄竄逃，有些索性不走了，拿著剛做好的抓餅硬是要與面色鐵青的員警搏感情。你總是靜靜騎上單車，穿越那些無奈的爭執聲，如同穿越每個被複製貼上的日子。

來到非洲前你從沒想過，那樣熟悉的小販文化，竟也會在史瓦濟蘭的政府醫院旁蓬然綻放。

沿著市區往醫院的小路爬坡，映入眼簾的是一間間用簡易鐵皮搭築而成的小小攤位；較完整的還有參差不齊的鐵片為屋頂隨意覆蓋，破舊的就僅剩幾支鐵杆子勉力支撐了。硬體雖然簡陋，販售的東西卻相當的多元有趣，從圖紋豐富的服飾到醫護人員常穿的塑膠值班鞋，從看起來極可能已生菌滿布的豆奶到各類生鮮蔬果，上了年紀的大嬸們是這群小販最大的共同點，汗流浹背的她們總是溫暖招呼、問候，語氣充滿南部夜市的熱情與活力。你有時摸摸口袋的零錢，挑了幾袋五元十元的小蔬果買下了，她們伸出皺巴巴的雙手接過硬幣，低聲道謝，接著坐回炙熱的鐵皮攤內繼續擦著額上流個不停的汗水。正午陽光從縫隙間恣意穿射進來，蒸烤出淡淡的鐵鏽味。

另一種小販們比較隨興，他們通常守在醫院進出的大門周邊，拎著蒸好的玉米、裝滿麵包的紙箱或小零嘴，意興闌珊的等待每個午餐與下班時分。他們熱愛聊天，跟每個人都是朋友，賣掉多少玉米或麵包卻好像不是那麼重要。後來你才發現，因為巨大的貧富差距，這些當地幣五元（不到台幣二十元）便能解決一餐的食物往往才是護士與家屬們的最愛。某日晚了些時候下班，行經門口時小販已經撤走了，地上剩下厚厚堆疊而起的泛黃玉米葉，彷彿是小販用來占位的分身一般，還靜靜守在醫院的大門不肯離去。

離開了醫院，小販們還是會隨著病患們的足跡遷徙的。每季舉辦的義診活動中，不管地點選得多偏僻，總還是有成群的小販會聚集過來，讓診間外熱鬧不已。他們有時推著工地常見的手推車裝滿食物，有些找個平坦的地方鋪起報紙自成一攤，有些索性跟患者們一起加入外頭排隊的行列之間，化身為尋醫者的一部分。記得某次買下一塊當地的手工麵包，外型尚可，吃起來卻又乾又硬難以下嚥；但看著周邊的當地民眾個個吃得津津有味，你也勉力一口一口的把麵包啃完了。那位賣麵包的大嬸看著你如此捧場，開心地笑了起來，你則一邊微笑點頭，一邊小心不被噎著。而那神奇的麵包彷彿在你肚子才正要慢慢膨脹發酵，那天，你莫名的飽足到幾乎吃不下任何午餐。

一次假日心血來潮，跟朋友把用不著的隨身碟等小電子產品整理成小袋，背起背包來到人潮擁擠的公車總站。你們厚著臉皮跟一旁的蔬果攤借了大塊厚紙板，坐在陽光下開始了人生的第一次非洲擺攤初體驗。或許是從來沒有黃皮膚的人在這裡擺地攤，當地的民眾像是觀賞野生動物般的聚集過來，詢價的多，閒著沒事來聊天的更多。他們蹲下身子，挑了又放下，陽光隨著正午的逼近愈趨炙烈，人潮終於漸漸散去，公車站嘈雜的叫嚷聲隨著地面的熱氣翻騰更顯惱人。你感覺到汗水傾盆而出，濕透背脊，眼前的景色晃動著，遠方柏油上開始出現那些水漬大小的陰影，那便是所謂的海市蜃樓嗎？頭暈目眩之時，一個黑人拿起紙板上最便宜的隨身碟，猶豫了一陣，終於掏出了錢包付帳給你。這第一也是唯一的買賣讓你瞬間完全清醒，你連聲說了謝謝，把小小皺舊的紙鈔握在手心，身上濕黏的汗水彷彿已完全蒸散而去。

你們撐起小小陽傘又繼續待了一個鐘頭左右，終究不敵這隨時會致人中暑的天候。把厚紙板還給小販時，他們滿臉疑惑的看著你，你這才發現自己的狼狽，原來這不過是他們再平凡不過的日常而已。你抓了包小洋蔥，把十元鈔票塞入攤子裡那名看似國小孩童的手心，用當地話向他們道謝。小孩看看身後的母親，母親看著你，露出了靦腆的微笑。

你想，你開始懂得那種快樂了。

湊車男孩

那輛焦黑的公車在史瓦濟蘭報紙的頭版顯得駭人，你繼續讀了下去，「……為了逃避警方的臨檢，這輛超載的公車超速與警方追逐，最後撞上一旁的欄杆而起火燃燒……」你放下報紙，想著那十多條寶貴的人命，想起那些湊車男孩們高亢且富有節奏感的呼喊，不禁感到頭皮微微發麻起來。

沿著醫院對面的小販街走向市區，穿越熱鬧的商城，那紛亂的喧囂便像潮水般一波一波的洶湧而來。如果要尋找一個真正典型的非洲街頭現場，位於首都的公車總站絕對是最佳選擇。以滿地的果皮與紙屑為地標，廢氣、爛水果及外帶食物的氣味混雜成為呼吸的一部分，首都的公車總站結合了傳統的市集模式與交通樞紐，在兩側現代化的商店街中，成為市中心最顯目的地標。

而在公車總站裡最特別的，要算是那些清一色二十多歲的湊車男孩們了。從天矇矇亮的清晨到南十字星升上夜空，他們幾乎全年無休地守在公車停泊之處，就怕漏掉了哪一個可能上車的客人。以兩到三人為一小組進行分工，男孩們有人面帶笑容四處搭訕東張西望的旅人，有人像機槍般不斷大聲吶喊著史瓦濟蘭各區的城市名，分明輕快的節奏在空氣裡震動，隨著他們的激情與亢奮四處飛射著。他們的目標是那樣單純而堅定：把所有座位填滿，然後上路。

車門拉上，一台台廂型車改裝的控比（Kombi）（註）穿過黑壓壓的人群駛離總站。小車廂內的人潮總是過飽和的，一台限坐十五人的公車往往可以塞入約莫二十名乘客，你們像是越洋偷渡客般貼緊彼此的身體，隨廣播裡或者電音或者雷鬼的樂曲左右搖晃，暗自祈禱終站可以快點到來。幾乎不曾有座位的湊車男孩或蹲或站，搖身一變成為熱情的車掌先生，一邊與乘客們抬槓，一邊收取因距離而異的車費。

但另一方面，他們卻也得隨時保持著鷹隼般銳利的視野，捕捉行駛過程中可能的乘車者。可能是鄉村間不起眼的小站，可能是高速公路的大馬路邊，也可能只是一個荒野中與你們同向前進的行人，湊車男孩刷的一聲拉開車門，伸出半個身體呼喊，強大逆風削過他的身體，把那略帶沙啞的呼喊吹得更顯單薄。見到對方沒有要上車，男孩「咦」了一下，抓抓後腦勺，才默默蹲回擁擠的小角落。

在大眾運輸的生態系中，湊車男孩們與車站周邊的小販們有著緊密的共生關係，而員警則是彼此共同的天敵。抓住短暫停留的片刻，小販們手捧飲品或零食湧上車門，試圖半推銷半乞討的向你們懇求他們每日的微薄收入；湊車男孩們下車與他們寒暄，隨手抓了兩支現烤玉米（那是他與司機今日的午餐）跳了回來，公車排出巨大的黑煙，震動搖晃著繼續向前開去。如果一切順利，在下一頓餐食之前他們便可從一日滿載的乘客中賺回足夠的收入；但若不幸遇到臨檢的員警，那今日的所有努力大概只能付之一炬了。對於這些湊車男孩來說，他們那少得可憐的每日支薪既無法支付罰款，甚至連給員警的賄賂都有困難；曾有朋友在乘車過程被攔截下來，身為超載乘客一員的他們也只能無奈下車，獨自在荒涼的車道上徒步前行。直到那些警察的身影遠遠消失背後，才得以重新揮揮手，招攔疾駛而來的下一部公車。

你印象最深的，還是日落後的搭乘體驗。那時的公車站人潮洶湧依舊，小販輪番收拾蔬果與乾貨，而你們在昏暗無燈的廣場中胡亂走踏，很快淹沒在四面八方的湊車吶喊之中。幾個男孩跑來拉住了你們的手寒暄，用著彼此都相當疑惑的口音溝通著地名許久，其中一人在黑暗中露出了醒目的雪白微笑，豎起大拇指，拉拉推推的把你們送上了其中一輛車。引擎震動，黑煙噗噗排出車外，城市的燈火很快隱沒在後照鏡中。也許是歸心似箭，你總覺得今日的公車開得特快；湊車男孩起初還像以往般聒噪，後來似乎也累了，只是望著黑暗的遠方發愣。整輛車終於安靜下來，你們彷彿坐進一間移動中的教堂，一切如此安詳，只剩下廣播裡的詩歌還持續合唱著。

半小時不到的時間，團部的大門已出現在不遠的前方。你們一如往常的下車付錢，臨走前用當地語禮貌性的說了謝謝，那男孩回過神來，不知怎麼忽然開心地伸出了手與你相握回謝；而公車毫不猶豫的繼續向前疾駛，你吃了一驚，腳步踉蹌的瞬間，他已鬆開了手，與那終日嘶吼而沙啞的笑聲一同朝黑暗中奔馳而去。公車尾燈像螢光漸漸弱小，終於成為遠方萬家燈火的一部分。

註：控比（Kombi）是史瓦濟蘭當地語中的小巴士，多為九人座或十五人座廂型車改裝而成，由於票價最為便宜且超載容易，也成為一般當地民眾最常搭乘的大眾運輸工具。

囚徒

來到非洲的第二個月，你坐在急診室的診間，焦頭爛額地問診問到一半，忽然外頭傳來鐵鍊敲擊地板的哐噹響聲，你聽著那些沉重的腳步擦地而行，像是砂紙反覆摩擦物體般，發出緩慢而沙啞的聲音。孩子們原本在門外的哭啼全停了，接著警衛推開診間大門，身著咖啡色工作服的囚徒們魚貫而入；房間的空氣忽然間凝重起來，皺舊的布料上飄出的，是一股屬於陰暗之處才有的霉氣與塵灰。你抬起頭，三個不到二十歲的大男孩列隊站著，眼神垂落與你交會。

你鼓著勇氣回望，像是被下咒似的愣了一愣，過了三秒鐘，才好不容易擠出一句簡單的英語：

「How...How can I help you today?」

*

很難忘記，自己第一次走入囚室的日子。

夏天的史瓦濟蘭陽光像是要把整座醫院熨平似地灑落下來，人影隨著蒸騰的熱氣翻動，鐵皮屋下斑駁的牆像是海市蜃樓般，彷彿隨時都可以融化消失。你跟在主治醫師後方快步於走廊上，汗水從口罩旁滴落，沒多久便來到了盡頭的陰暗之處。沒右轉進入人聲鼎沸的一般門診區，你們在一扇厚重的金屬門前停下腳步。

這裡簡直是一間消失的密室。

兩側鐵窗交織成密網，像是封印著什麼似的守著每個窗台。只是單純穿梭於門診與病房之間的醫師們，誰也不會發現這裡其實是另一個病房。護士見到有人來了，趕緊從護理站打了電話，你聽見鑰匙嘎啦嘎啦的轉動門把的聲音，內門先被打開了，一對銳利的眼神從小窗望了出來；鑰匙聲持續轉響，第二道門也跟著被打開。一股冰涼的金屬氣息從你面前飄出，隔著口罩，你還是不經意地在心頭打了個顫。

醫院裡的第七病房被長長的走廊隔成兩區，一邊是隔離病房，一邊則是關著各類現行犯的囚室。與電影或小說描繪的監獄不同，這裡僅簡單隔開成三四間房，房外走道既窄且暗，如果一次進來三位醫師加上警衛與護士，連交換彼此站立的位置都嫌擁擠。你小心移動腳步，就怕一不小心踢翻了地上幾個剛送來的飯盒；漏水聲滴滴答答，壁癌肆無忌憚地在幽暗中生長，彷彿宣示著自己與眾不同的自由。

警衛小心翼翼的打開男子病房，裡頭原本的喧囂很快地安靜下來，五六張病床像是野戰醫院中的場景並排在眼前，幾名身著囚服的男子或臥或站，在狹窄的空間中緊盯著來訪的你們。位於房間角落的廁所發出令人難以忍受的氣味，隔著口罩的棉布鑽入鼻腔，讓你原已呼吸困難的胸口更加鬱悶。

「這幾天停水，就變這樣了。」護士隔著口罩低聲說。

你們皺著眉頭，找到其中開完刀的幾個病人檢查傷口。毫無意外地，從上週手術後至今都沒有換過藥的縫線上，已隱隱滲著血水與惡膿；陽光從氣窗的小縫斜射進來，像投影燈般打亮滿屋的粉塵也打亮傷口。你拆除繃帶，忍著惡臭清潔傷口，男囚臉上的表情扭曲，睜開眼便是瞪著你，手臂肌肉全糾結起來；你冷汗直流，眼前的他會是什麼罪大惡極的罪犯嗎？他會不會受不了疼痛而揮拳把你推開？望著他爆起的青筋，你已做好了隨時倒地的心理準備。

還好，在你們離開之前，這些事情都沒有發生。

*

也許因為潛意識的恐懼，你甚少與這些囚徒們交談病況以外的事。每次查房結束換藥的工作，你便趕緊招呼警衛開門讓你離開。其實你並不清楚他們犯的究竟是什麼罪，但總覺得他們既然會被關，勢必有著某些不能被原諒的過去；另一方面，在那幽暗濕冷的環境中與這些囚徒對望，也時常給你心理上無形的壓迫感。每每推開鐵門回到長廊，你總會深吸一口氣，空氣如此清朗，你確認你是自由的。

囚徒們熱愛看診，對於他們來說，那也許是最接近自由之身的時刻。你時常看到來自監獄的囚車從大門口駛入，犯人們魚貫跳下，伸伸懶腰，相互推擠笑鬧。他們彷彿具有某種趨光性，雖然手腳均上緊鐐銬，卻總是興奮地抬起頭迎向藍天；隨著警衛們的催趕步入看診區，來到診間的囚徒個個忽然開始愁眉苦臉，爭相抱怨起近來的病痛。「醫生，我肚子痛。」「痛多久了？」「不知道，大概幾週了吧。」「……」許多時候，你總半信半疑的開了藥，目送他們離開。如果警衛的心情特好，囚徒們便有機會在曬得暖暖的草地上獲得十來分鐘的日光浴；把藥袋暫時拋在一旁，或坐或臥，彷彿手腳的鍊條已不存在。你這才明白，最好的處方，其實一直都在那裡。

某次在開刀房等待的片刻，主刀醫師還在用餐，開刀的病人卻不知道為什麼提早被送了進來。他身著囚服，約莫三十多歲，因為嚴重的陰囊水腫（Hydrocele）不得不來外科求診。他躺在床上與你對望，你轉身去翻閱病歷，發現他始終盯著你瞧，終於忍不住開口與他聊天起來。

「喂，你為什麼會被關啊？」

「酒醉駕車啊，」他用一口古怪的英語回答你，「運氣不好唷！擦撞到別人的車，本來沒有要罰這麼久喔！不過我沒有錢，沒有錢給那個警察啊，也沒有錢賠車子，所以就被關起來了；結果之後開庭，也沒有錢給那個法官，所以又多了兩個月。他們都要錢的，有錢就有自由，這裡是非洲耶！」

「天啊，所以你被多關了多久？」你不敢置信地問著他。想到自己所屬的單位因為身分特殊，有時在路上不小心犯了小錯被逮，簡單道個歉賠個笑，表明來歷後大多即可平安了事，不禁暗自慚愧地別開了眼睛。

「四個月吧！」他一派輕鬆地說著，「不知道會不會更久，下下禮拜還要開庭一次。反正，我就是沒有錢。」

見你聽得一愣一愣，他開始抱怨起當初抓他的警察有多可惡，法官的嘴臉有多凶惡；這個社會根本是一座大牢，有錢有權者才有越獄的本事云云。後來麻醉師來了，主刀醫師也來了，手術開始，囚徒的滔滔抱怨轉化成呼吸器規律的嗶嗶聲。這台手術開得異常安靜，因為上午的最後一台刀結束前，手術台上眾人笑談的話題，正是如何用最少的成本，換得一位可靠的警察朋友。

*

冰冷堅硬的牆與鐵窗並非囚禁人唯一的方式，在醫院裡，疾病本身往往是一座更巨大的牢籠。沒有特赦，無法假釋，在新的療法發明之前，人們對疫病的恐懼與誤解消滅之前，這些囚徒便沒有出獄的可能。

同樣隸屬於第七病房，位於護理站後方的隔離病房專門收容治療失敗、產生抗藥性的肺結核患者。如果不是主治醫師忽然被攔住說有個緊急的會診，你或許也沒有機會來到這個神祕的小房間。與囚室相似的是，同樣要推開兩扇厚重的大門才能抵達，但這裡卻充滿陽光，暖風不斷從窗外灌入，奮力地想吹散房間裡凋亡的氣息。

你們抵達時，房間裡躺著的是一位瘦骨如柴的男子，壁癌造成的碎屑掉滿病床，像瑞雪般覆蓋在他纖薄的身軀。不用翻閱病歷，你已可從他的外觀判斷出這是一位已在樓上病房掙扎許久的患者：黃疸造成了皮膚變色，因為嚴重腹水而隆起的肚子，使他看上去就像是一隻懷孕中的黃色海馬；看見你們到來，勉力抽動泛黃的嘴角，才掉出一些難以辨識的字音。護士打開病歷，皺舊的轉診單上字跡潦草如畫，一條一條的診斷，像是無形的鐵柵般將你們與病患隔開。

愛滋病（AIDS）、多重抗藥性肺結核（MDR-TB）、肝膿瘍（Liver abscess）……教科書上最壞的診斷，差不多都在這裡了。護士小聲地說，男子從樓上轉床下來後，就沒有家人來看過他；還能下床走動時，男子時常吵著要自行出院，後來腹水愈來愈嚴重，連下床都有困難，才不得不打消這個念頭。

「最近他常常覺得我們在害他，故意把他關起來，其實他自己已經不太曉得自己在說什麼話了。」開口的護理長雙手捧胸，一臉無可奈何的樣子，「他這個樣子，誰敢讓他出去走走啊？傳染給別人怎麼辦？」一旁的實習生小心翼翼地將男子手腕上的布巾綁緊，對於善於自拔身上管路的患者來說，這樣的約束是萬不得已的作法。男子幾度扭動手臂掙扎，終究因為力竭而放棄；他黃濁的雙眼瞪向你們，你明白他的無辜，罪惡感油然而生，連忙低下頭來謄寫起醫囑與紀錄。

主治醫師們在討論後，終究還是放棄了開刀的打算。風險太高，病人狀況太糟，應該接受更保守的治療；病歷上的白紙黑字，此刻成了無情的判決書。即使不說，大家心中也暗自明白，不會再有人帶著男子離開這座病之監牢了；他將孤獨地，或許意識模糊地，在此度過他的餘生。

大門被緩緩帶上，也許是知道自己之後再也沒有機會回到這裡，你忍不住又回頭望了望那個陽光普照的房間；滿是痰音的咳嗽聲此時淺淺傳來，似乎想延緩你們的離開。千頭萬緒在你心頭流轉著，或許還能做些什麼，是否做錯些什麼的焦慮不斷湧出；你第一次明白，無論多麼理性的決策，對於放棄治療這件事，你的心中始終有座耿耿於懷的心牢。

你仍是自己的囚徒，就像所有居住在第七病房的人們一樣；時間繼續向前走著，你們都還在等待，等待真正被釋放的那一天到來。

輯四、

Into the wild

交換之術

午後的陽光正熨著你的後頸，穿越滾滾的沙塵，你又再次回到熟悉的市集；夕陽下的商販或者準備收拾店內商品，或者把握一日將盡的時光，奮力朝你揮手招呼。你掂了掂肩頭上的背包，隱隱感受到裡面那些電子用品的重量。是時候了，你大步向前，準備迎接另一次以物易物的魔幻時刻。

以物易物或許算是最古老，卻也最迷人的一種商業技藝。人們得以拆解對於事物的傳統框架，依照各自的文化與價值觀重新標上隱形的價格；自由度極高的網路交換平台如雨後春筍般冒出，甚至有人因為以迴紋針多次交換得一棟房子而登上媒體版面，宛如一場偉大的魔術。這樣的風氣在資源分配不均的非洲地區更是普遍，也因此無論是商家或是旅行者，切磋彼此的交換之術已成為這個傳統的手工藝市集裡，最華麗的冒險。

換上一張獵遊者的臉，你在店家間來回遊蕩，自在地用眼神與手指掠捕各類雕刻與飾品。但這種獵者與獵物般的微妙關係很快就起了微妙的變化，小販們輪番圍了上來，請你打開厚重的背包。他們翻弄著耳機或手錶，時而嘖嘖稱奇，時而從小店裡拿出可能交換的手工藝品在你眼前搖晃；他們神祕的交談，無法翻譯的語系在空氣中翻滾著，你感到自己像一包被撒下池子的飼料，墜落在錦鯉的深邃的大口前，一時不知該漂往哪個方向。

好不容易穿出人群，你決定重新換上一副冰冷的臉。刻意保持距離，不見喜愛之物絕不靠近詢價，也不再輕易掀開背包中的底牌。這招果然奏效，商販看見自己的呼喊石沉大海，便也不再窮追不捨了。你正暗暗得意策略成功時，某個來自店面深處的注視打斷了你的思緒。你吃了一驚，轉身向黑暗處望去，只見成群的小石雕背後，靜靜臥躺著一尊面具。

那其實是一個瑕疵品。巨大的人面上有部分失誤的刻痕，後方的木頭尚未打薄磨光，就連最後上色過程也有不少失準。但不知為何，你還是被那手作式的即興給吸引了。無論是沒有脈絡的幾何圖形、雙頰仿羽狀的鑿痕，或是被挖空後卻更顯深邃的眼神，面具原本應是遮掩或切換角色的一種飾物，但這張面具卻異常的凸顯出一種創作的真誠。你將它拿在手中，輕輕撫著它粗糙的表面，彷彿可以感受到那些清苦的工人們，一刀刀削下木屑後的餘溫。

老闆娘一拐一拐的走了進來，滿臉微笑，是個略微發福的中年女子；你攤開帶來的手錶與隨身碟時，她的眼珠瞪得極大，彷彿一輩子沒有看過這樣華美的東西。這時同行的友人恰好也走進店來，看到你又在以物易物，便上前幫腔了幾句：「全都是台灣製的啦！品質最好的！」老闆娘笑得更開了，雪白的牙在臉上形成一道耀眼的弦月。你連忙接話，說等等還會有朋友來呢！今天生意一定會很棒喔！

似乎是真的動了心，她拿起手錶開始套入手腕；不料試了好幾條，都因為手臂太粗而屢屢失敗。尷尬極了，你連忙翻開背包尋找適合的其他手錶，好不容易找到一只迪士尼的紀念錶，手忙腳亂之下終於勉強掛上她的手腕。她快步走至陽光下，看著銀色的米老鼠圖案反射著耀眼的光芒，你們兩個終於放下心裡的石頭，相視而笑了起來。

友人們早已走遠了。你對自己今日的交換之術感到相當滿意，心中早已迫不及待要跟上他們回家的腳步，好好向大家炫耀一番。只是你萬萬沒想到，看似單純不過的面具與錶的交換，在她低頭尋找包裝紙的那一刻，起了微妙的變化。

那是一串你無法忽略的醒目潰瘍，在她因彎腰而露出裙外的小腿腹，形成野火燎原後的焦黑紋理。霎時間，教科書上的圖片在你腦中不斷翻頁，你試著跳過最糟的診斷，但卻無法不重新注意她的側臉：那是另一些陰影正無聲無息成形的地方。該告訴她嗎？不，你只是個普通的顧客，你很有可能是錯的，你只是拿著廉價的手錶交換紀念品的旅行者，你不需要有罪惡感，你可以很輕鬆的微笑，然後離開這裡……

「妳……妳的腳看起來並不好。」一個自己都不太熟悉的聲音從喉頭深處冒出，震盪著你胸口的不安。「有沒有去看過醫生呢？」

「喔，」她吃了一驚，連忙拉了拉長裙，臉上的笑容收去了一半。「你看見啦？醫生說那個要打針才會好啦！可是醫院很遠耶，坐車很貴又很久，後來就不去啦，去了誰要顧店啊？還有小孩子要自己養耶，才兩歲……對了，你還要不要帶其他東西走啊……用現金？」

你幾乎確定了那是什麼，背包裡剩餘的手錶忽然變得無比沉重。你一方面想快點逃離這裡，一方面又想多問一些她的病況，同時告訴她疫病本身的變化會有多駭人……但看著她專注地用手指輕轉秒針，享受著其他商販羨慕的樣子，那些禁忌的字吐到嘴中終又吞了下去。你知道，貧窮、恐懼與社會替這些病者貼上的標籤，往往比疾病本身更加可怕。

你摸了摸口袋，掏出僅有的一張二十元皺鈔票，指著廉價的人面鑰匙圈說：「我拿一個，不用找我錢了。」她摸不著頭緒的收下了錢，咦了一聲，你已快步走出店面，回著頭大聲喊著：「妳的腳！一定要去看醫生！」風沙又起，迷濛中你看見她點著頭，握著紙鈔的手在空中晃著，不知是道別的習慣動作，還是真的聽懂了你說的話。

走回朋友家時你癱軟在沙發上，彷彿一切的武裝在離開市集的時候，都已被卸得一乾二淨。那個巨大的面具果然成為目光的焦點，大家開始七嘴八舌的討論著如何更划算的以物易物，如何砍到更低的價格……彷彿一時間彼此的交換之術都又提升到了新的境界。你隨意的搭著話，在觥籌交錯間微笑交談；但沒有人知道，你真正換來的撼動，正安靜地隨著小小鑰匙圈躺在胸前口袋，還微微發燙著。

比幸福更頑強

「忽來一場大雨眼看／要打斷我們今天的進度／牠瞬間接過了雨絲／無私地繼續織了下去」

——鯨向海，〈比幸福更頑強〉

你在正午時分離開水潭，刺眼的陽光很快將身體烤乾，並在石岸鋪上炙熱的布巾；外國友人們早已紛紛打開背包裡的食物，就地野餐起來。瀑布激起清涼的水霧，紅酒與乳酪香如歌瀰漫，這樣世外桃源般的畫面與氛圍，實在很難令人相信這就是非洲，而且是因為愛滋病而滿目瘡痍的史瓦濟蘭。

在你的旅行印象中，這似乎是歐美國家常見的一種幸福感覺：人們逃離了城市與高樓，以一本書、一瓶酒與精緻的小點心在草地上浪擲美好的午後；人們脫下亞曼尼的西裝，關起手中的智慧型手機，躍入水中，讓粼粼波光重新編織自己的白日夢。你想你是懂得這樣的幸福的，被日常的一切追趕了那麼久，許多人用盡方法，其實只為了要離開自己熟悉的環境與生活。

遠方的草叢有些許的騷動引起了你的注意，還沒看清楚誰在那裡，清亮的笑聲已經傳了過來。原來是幾個不到十歲的當地女孩正好奇打量著這一群素未謀面的外來者，她們穿著與自己身材不相稱的舊衣與褲裙，赤腳奔跑在你始終無法對焦的觀景窗裡。與在大陸或東南亞遭遇的一些孩子不同的是，她們並沒有圍過來伸手乞討食物或金錢，而是聚集在離你們還有段距離的溪邊，一邊快樂的打起水仗；她們雪白的牙齒在水花中笑得閃閃發亮，你忽然發現，這群孩子或許擁有著比你們更巨大的，單純的幸福。

於是你嘗試著用鏡頭與這些孩子交心。或許是因為從未接觸過相機，這些女孩在面對鏡頭的最初總是害羞得不知所措，她們或遮臉或者躲入草叢，卻又不時探出頭來好奇的看著你們。直到你把機身掛在其中一位女孩的脖子上，拉著她的手一步步對焦並按下快門，孩子們這才圍了過來，爭相從小小的觀景窗裡裁剪全新的世界。令你訝異的是，過去所學的攝影技巧似乎不再那麼重要；即使失焦或成為裁切過的人像，在這群女孩的視角裡，那就是最好的構圖了。

你們在溪邊的草叢坐了下來，拿著多餘的餅乾與蘋果開始另一場美好的野餐。由於在語言上並沒有辦法直接溝通，你們只能仰賴表情、微笑與簡單的英文字彙交換訊息。這時女孩們開始抓取身邊的野草編織，小小的手指在幾束綠芒間繞啊繞的，宛如造物者創造人體基因的雙股螺旋一般，一條堅韌的繩結就這麼迅速成形了；繩結們繼續相互交織盤繞，那些手工藝中心常見的草鞋與餐墊雛形，一一出現在你的眼前。

你直覺性的想起在開刀房裡，外科醫師們的手也是這樣自信而俐落地，在無菌的戰場上打起一個又一個的結；想起自己第一次在手術台上縫合，那笨拙的尼龍線鬆了又緊，緊了又鬆。主治醫師無奈的接過持針器，旋轉握把，像轉動某個神祕房間的金鑰；

「一正，一反，一正，一反……看懂了沒？」即使手中的動作始終未停，你從他口罩後方傳來不帶表情的聲音，還是感覺到了他的疲憊。從那次以後你真正明白，那從來就不僅是單純的結而已。每一個被緊緊綁牢的繩結裡，是生死，是日復一日不斷練習的時光，也是結繩者最單純的生活日誌。

你轉身望向這群女孩，一只新的草綠色杯墊，又即將完工在你眼前。

是什麼讓這些孩子這麼小就學會了這些繁複的手工？是生活還是純粹打發時間的遊戲？她們的家人呢？她們會需要以此為生嗎？忽然手腕一陣搔癢，原來是其中一位女孩把剛編好的草環繞在你手上，並示意要你試著將它拉斷看看；結果你脹紅了臉用盡氣力，竟然無法撼動那小小的繩結半分。女孩們統統大笑了起來，你也跟著笑了；看著她們編織時專注而靈巧的眼神，你想起了詩人鯨向海的筆下那隻努力不懈的蜘蛛，或許這些草繩中的確有些什麼，比幸福更頑強。

最好的食堂

開進黃土路後，四輪傳動的公務車便開始在顛簸中哀號起來，零件彼此碰撞出奇妙的聲響，彷彿隨時都要隨著猛烈的搖晃散落一地。滿天飛揚的塵土間，牧人正趕著一隊乾瘦的牛群慢慢橫越道路，他的木鞭在風中自在起落，可惜牛群明顯再也沒有多餘的氣力加速腳步了。於是你們只好停下車來，一邊擦著豆大的汗滴，一邊估算著行走的時間與車距。車子隨後繼續前行，忽然一個急轉急煞，你差點從後椅摔落下來；只見司機在前方驚呼了一聲，接著便開心大喊：「我們到了！」

Geza Primary School，Ndzingeni Inkhundla，一個甚至在史瓦濟蘭地圖上都不一定會出現的地方，你因為義診的場地勘查，來到了這裡。

沒有操場，沒有司令台，三排矮房圍起一區半黃半綠的草地，一座小學便這樣展開在你的眼前。或許是已經接近午餐時間，許多早已待不住教室的孩子，紛紛跑出來窺看你們這群不同膚色的外來者。他們的眼神澄澈又害羞，迷藏在窗角與門縫之側，彷彿與你已有了遊戲的默契。你想起自己過去的許多寒暑假，開著車蜿蜒過重重山道，替部落裡的孩子們辦活動或家教的時光；直到今天你終於發現，原來這些純真開懷的笑聲，才是這個世界上，最早全球化的事物。

拜訪完校長，你們走向教室準備規劃義診站的各項配置。此時用餐的哨音響起，孩子們一一拿起鐵盤衝向走廊的盡頭，兩個藍色的大塑膠桶早已靜靜立在那裡，空氣中還飄散著似肉非肉的氣味。本應負責記錄場地的你，再也忍不住好奇也跟了過去，而這一跑近，食物詭異的氣味又更加濃郁了。一位高年級的男孩握著鏽舊的大鐵湯匙，先從其中一桶內挖出一大塊玉米糕，接著再從另一桶內撈起一匙咖啡色的黏稠液體，「啪！」一聲，這些被稱為「午餐」的糊狀物，便這樣填滿了那些小手緊握的大鐵盤。

無需餐具，也不用安排桌椅，只要在樹下圍坐一圈佐以暖陽與夏風，或是排排蹲在牆垣交換彼此的笑聲，校園的每個角落都可以是最好的食堂。你看著小小的手輕挖盤中的玉米糕，蘸醬，送入口中後還得仔細的舔乾淨每根手指，當下決定要試著加入他們的行列。你用口袋的小餅乾與其中一位女孩交換了餐食，沒想到才剛入口，喉間爆開的肉骨腥味和乾硬的玉米糕，卻差點讓你噎個正著。

這便是他們每日期待的午餐嗎？校長剛剛的介紹忽然又令人感傷起來：「……大約有四分之一的孤兒，等等的午飯時間，或許是他們每天最豐盛，也是唯一的一餐……」你忽然明白，幾天之後你們即將帶來藥品與處方，帶走診斷與病名，但總有些更隱匿的貧困與飢苦，只有這些知足的孩子們才得以克服。

另一群男孩從遠方大井挑來珍貴的水源，倒了幾杯要拿給你與其他醫師飲用；你接過紙杯，本想拿出最後的小餅乾與他道謝，他卻隨即掉頭跑開，快速加入了最後一條排隊領餐的隊伍中。你想你開始懂了，對於這些孩子來說，這是比起黑板上的加減乘除更值得珍惜的一段時光。

遠方傳來司機大聲的呼喊，是該去下一站勘查了；你隔著車窗揮揮手，吃完午餐的孩子也紛紛舉起鐵盤，陽光在天然的食堂裡映出一片片銀鏡般的反射，在揚起的塵土間愈來愈小，終於漸漸消失在遠方。

非洲慢跑地圖

離開成功嶺已經超過大半年了，卻時常還會懷念起與弟兄們一同晨跑答數的時光。初秋的清晨總是充滿涼意，呼吸時讓清冷的空氣漸漸撐開肺的深處，才覺得身體慢慢的甦醒過來。樹頭麻雀自由地輕聲鳴叫，各中隊役男們的腳步在柏油路上發出轟隆隆的低沉聲響，搭配著風中那些必須憋住不笑才能呼喊整齊的口號：「……我愛跑步，跑步愛我！天天跑步，天天快樂！」這些只有當兵的男人們才能體會的交響與浪漫，就像是某種刻痕般，細細註記在你的軍旅生涯上。

來到史瓦濟蘭之後，慢跑不再只是紀律與健身的象徵，透過自己的足跡展開在非洲大陸上的冒險，謄繪出屬於自己的慢跑地圖，才是真正吸引你奔往鄰近村里的最大動力。在台灣熟悉的門牌與路標，這裡生活中幾乎是不用的；除了該小區的名稱外，往往透過無名的小店、流水與教堂的相對位置，才真正構築了這些房舍的真正住址。每次慢跑時，你都盡可能不重複同樣的路線，沿著蜿蜒的山道向前探索，新的風景往往就會在下個吐納間展開在眼前。

也因此，你在慢跑時並不特別局限於平坦舒適的柏油路；無論是通往村里深處的黃土道或碎石路，都有可能引領你走向未知的桃花源。雖然非洲大陸較難遭遇如同陶淵明筆下那樣悠然靜美的場景，但這裡的居民卻有著不亞於桃花源村人的熱情。好幾次在週六的傍晚跑入北方的小別墅區，差點就被正在Party的當地居民給拖入屋內狂歡；如果是週日上午跑經較偏遠的小村莊，也會遇到好奇的孩子們用奇妙的中文口音呼喊：「你好！」一並加入跟跑的行列。最怕就是遇到醉酒搭訕的男子，他們總是肆無忌憚的吐出充滿酒氣的「My friend!」兩個字，讓你不得不加快腳步離去。久而久之，屬於你自己的新地圖就這樣被畫了出來：這裡是醉漢出沒的恐怖小屋，那裡是通往孩子們祕密基地的黃土路……

這樣探險的過程中，發現新的捷徑總是最令人愉悅的收穫之一。不能不去留意那些荒蕪的草叢或是看似絕路的黃沙之盡，踏著歸心似箭的下班工人們的腳印，宛如祕道般的小徑就這樣被人走了出來。下班趕著回家的時候，就從這些神祕的小徑中挑出一條穿越山腰，那些等待下班、滿身黃土的藍衣工人們總是熱情地向你奮力揮手問好。幾次遭遇好奇的當地人問你如何發現這條他們專屬的小路，你笑了笑，本想告訴他們週末的午後可以一同加入你的慢跑探險之旅，但每每想到他們的生活本身已是一場看不見盡頭的馬拉松，剛擠到口中的話總是又默默的被吞了回去。

把這些路與風景串連起來，各區域間的分野亦變得豁然開朗。你時常沿著下坡路的盡頭向北跑去，沿路別墅型的建築隨著腳步慢慢更迭成為簡易的平房；穿過涵洞來到交流道的另一頭，便可來到以石磚與土塊構築成屋的貧窮社區。雖然團部的廚工多次向你警告：「那裡治安不好耶！一個人去很危險的！」某次同梯弟兄行經至該區，也不巧被野狗咬得褲破血流，還到醫院挨了數劑狂犬病疫苗……但那樣雞犬相聞的村里與陽光下怡然自得的住民們，卻吸引你像武陵人般再度、三度的造訪。也許對你而言，那樣百無聊賴的氣氛，才是你想要去親近的，非洲大陸真正的生活樣貌。

最驚奇的一次，是某個欲往附近小山攻頂，卻在山腳已不斷迷路的午後。豔陽把你的心情烤得焦躁，站在不知所措的交流道路口，你忽然被路過的當地大學生給大聲叫住。他聽完你的目標後笑著說：你是找不到入口的，跟我走吧！也不知是他善良的笑容還是不帶腔調的英語卸除了你的武裝，你竟毫不猶豫的點了頭便跟上腳步。走入村裡的深處，他忽然向左拐入了兩戶人家間的窄路，一條芒草與石堆布滿的小徑緊接在後。這裡，便是上山的起點了。

「其實喔，來這裡問路就要找小朋友或老人家啊！你迷路的話，問到我這種人是最危險的耶！」氣喘如牛的上坡時，他幽幽的說了這句，你心中一凜，這才忽然驚覺要是真的發生什麼壞事，大概要呼救也沒人搭理了。踩著石頭默默往上爬，你下意識的把口袋中的鑰匙握得很緊，這個虛弱的武器並沒有帶給你更多的安全感，空氣忽然沉默下來，猶疑不安之間，你已不知不覺的來到山路的盡頭。而他的腳步未停，繼續朝著一棟石頭屋的後方走去，轉頭看你呆立原地不動，又大聲笑了起來。「就是這裡啦！過來看啊！」

真的就是這裡了。

整座首都不可思議的像電影銀幕般拓展在你的眼前。公路如河蜿蜒而過市區，帶著擁擠的車潮繼續向南非的方向流動著。你所居住的社區在遠方的山坡上縮成小小綠色的群聚，原本看起來龐大的醫院及商場，其實都被草木給包圍著。山頂的風猛烈吹打著臉頰，你們瞇著眼睛相視而笑了，心中掛念的不安終於一掃而空。是這些萍水相逢的良善，讓你的慢跑地圖得以繪出嶄新而美好的等高線。

詩人羅智成寫徐霞客時的句子：「一個旅者怎能拒絕路的邀請／當他在眼前蜿蜒？」「又怎能無睹於路的誘惑／當他緊抿包不住的祕境？」冬日午後的陽光暖暖，把草地的氣味蒸入風中，你繫緊鞋帶，預想著地圖中那些尚未被開拓的區塊，新的冒險在一吐一納之間，又即將重新展開了。

童玩

在史瓦濟蘭政府醫院的兒科病房巡房時，偶爾會看見孩子們帶著心愛的玩具來住院。家境較好的是棉製布偶與小機器人，家境差一點的家長撿取寶特瓶或小紙板，一樣可以做出足以讓孩子開心一整日的玩具。孩子們有時在走廊間奔跑對戰，有時在病床旁創造下個章節的劇碼，彷彿可以暫時忘卻病痛，把自己投入另一個沒有大人的美好世界中。

你時常因此回想起國小的下課時光。與同學們把零用錢湊足買了包零食就地而坐，掏出口袋裡印滿三國志人物的塑膠鬥片（又有人稱拼拼、尪仔飄），剛剛黑板上那些催眠的加減乘除便隨著鬥片碰撞的清脆聲響消碎而去了。用打火機把塑膠片燒彎，偷偷塗上立可白……曾經那樣的廢寢忘食思考勝負的方法，彷彿那便是你國小生活的全部。童玩的確有著這樣的魔力，即便你早已忘了每每月考時塗鴉填卷的焦慮，卻永遠記得幾個大贏大輸的放學時分，笑著或哭著跑回家的畫面。

你真正見識到非洲孩子們的童玩，是在某個晨間散步，誤打誤撞走入鄰近小村莊的時候。跨過高速公路旁的柵欄走入對面的小村莊，華美的別墅變成土製小屋，四處奔走的雞群取代了庭院與花圃，相隔僅僅十多分鐘腳程的聚落，原來可以有宛如不同國境的差別。柏油路在這裡是不存在的，黃土上迎面走來的是頂著水缸的婦女與一群手持大小容器的孩子們，不知要走上多久的顛簸，才能來到這附近唯一的汲水處。面對鏡頭，她們還是露出燦爛的微笑，熱切的招呼著村莊裡難得一見的華人稀客。陽光漸漸蒸散清晨的霧氣，而你們穿越村落慢行，終於在一座水果攤旁停下腳步。

那便是這些孩子們的童玩嗎？

停靠在男孩腳下的，是一台鐵絲所拗折而成的小卡車，乍看之下雖然有些粗糙，但結構分明，從車頭到輪軸樣樣不缺：四個輪胎處串上色彩斑斕的瓶蓋，再砍下一截長樹枝緊綑車身，一台足以讓孩子們追逐整個下午的手製小推車就這麼大功告成了。男孩背對著你，身為哥哥的他對於來訪者顯得相當害羞，低著頭，持續忙碌地彎折撿拾來的鐵絲；反倒是一旁兩個可愛的小女孩好奇地靠了過來，她們手中握著一個淡橘色的小人偶，穿著不合身的衣褲，沾滿黃土的帽T散發著青草與汗漬的氣味。你舉起相機，調整焦段，女孩們先是好奇地望向深邃烏黑的鏡頭，接著便把娃娃捧上胸前，露出靦腆的微笑。

「喀嚓！」按下快門之後，你才驚訝的發現，那些娃娃頭上或藍或綠的髮絲，竟全是這些小女孩用撿來的小棉繩手工編織而成。你曾經在醫院的長廊外看過專業的編髮者，手指繁複地勾繞一個個細小繩結，將髮束縱橫交織為各種煙花或幾何形狀；她們的動作總是帶著一種隨興而至的節奏，彷彿四周響起非洲鼓的樂音，腳下的步伐也可以隨時跟著舞動起來。你看得微微愣了，女孩被你盯得害羞，向後退了一步後格格笑出聲來。她手上搖晃的娃娃頭已經有不少髮結鬆開了，圍在娃娃身上的素色布巾也因為多次的拉扯而頻頻脫線，但女孩們仍小心翼翼捧著這些她們生活中的美麗芭比，像是捧著自己心愛的孩子般走入陽光。畢竟，她們曾經如此專注且努力地，在這些人偶身上編織自己小小的夢想啊！

揮手說拜拜的時候，男孩恰好放下了半完成的手工車；四個瓶蓋在黃土上慢慢滾動，留下幾道細長的車軌。他們都會長大的，你知道總有一天這個男孩會不再需要這些童玩，他會有自己的小發財車，載滿著新的生活與夢；你也知道那些女孩會放下手中的娃娃，她們將頂著美麗的髮飾編織，且輕搖懷裡的嬰兒入睡。生命是一條不斷流動的河，但你也知道，在不遠的將來，他們會願意為了自己孩子們的微笑與童玩逆游而上，重回那些陽光灑滿的假日時光。

勇士們

黑人大叔就這樣一屁股坐在你身側，滿身插滿翅羽的裝飾與獸皮配件，讓原已經滿座的公車更加擁擠不堪。車門拉上，客運搖晃向南，這是前往史瓦濟蘭勇士節（Incwala）會場的一班公車，車上除了你們幾個台灣人外，幾乎清一色是身著傳統服飾的男子；你們一身厚重的背包與觀光客的打扮，此時此刻，反而顯得有些違和起來。

「勇士節」是史瓦濟蘭每年年底最重要的慶典之一，據說在勇士節前，屬於國王的侍衛會步行前往幾百哩外的南非或莫三比克海邊，挑運珍貴的水源回到不靠海的史瓦濟蘭給國王淨身之用。而在約莫一週前開始，那些活力充滿的青少年們也占據報紙的各大版面；他們高歌、舞動，然後帶著行軍般的氣勢行走至此。今天，他們即將聚集於王室的草坪，準備迎接這個活動中最重要的一日。

下車後，沿著青少年們的喧囂聲跋涉，穿過一小段黃土與樹叢，壯闊的草坪就在你們眼前展開了。在當地居民熱情的問好與招呼下，你們決定換掉一身格格不入的行頭，徹底的在地化一番；也為了更融入當地民眾的生活，你們隨著遙長的隊伍依序排隊進入柵欄的另一端，準備領取今日「國王的恩典」：一頓免費的清燉牛肉與玉米糕大餐。本以為早就適應當地食物的你，在領取餐點時才發現，那些大塑膠桶中打撈出的腥味與糊狀物，才是真正挑戰你們底線的在地餐食。你們在草坪上席地而坐，不少好奇的青少年跑來攀談、問好，看著你們面有難色地徒手啃著又硬又鹹的肉塊，忍不住哈哈大笑起來，最後還是順手接收過去幫你們吃了。是的，他們才是貨真價實的勇士們。

來到一旁的市集買了布巾，把代表性的盾牌與國旗披上肩頭，再撿拾長枯枝與松果串連成杖，拋開褲頭上原本該有的獸皮圍裙不看，所謂的傳統服飾差不多也就治裝完成了。走回人潮聚集的草坪，你們很快就被孩子們與當地的年輕人給團團包圍，有人七嘴八舌地問候你們從何處來，有人熱情的向你解釋自己身上各項配件的意義，而孩子們呢，還是一如往常的試圖把小小的臉龐塞進你的觀景窗中，留下青春無敵的笑容。一個大你兩三歲的青年興奮地告訴你，他下半身的獸皮裙可是貨真價實的花豹皮，是家中珍貴的傳家寶，但因盜獵的禁止加上觀光風氣愈來愈盛，大部分人們身上所穿的都只剩下人工皮所複製出的荒野氣氛。他說話時眼神流轉著光，手舞足蹈，彷彿自己也曾參與數十年前那場偉大的狩獵似的。

到了傍晚時分，典禮的廣場終於開放。你們穿過黑壓壓的人群，被安排在靠牆邊的位子。脫掉雙鞋，低著頭，你們帶著訝異與不解，試著揣摩其他男子們正在進行的儀式：原本預期會是慷慨激昂、又唱又跳的典禮上，出現的卻是平板緩慢，幾乎沒有旋律的低吟；有時是氣音與狀聲，有時像是口號，隨著緩緩移動的腳步不斷反覆。你正感到焦躁無趣時，現場忽然一陣騷動，原來是國王進場向貴賓與現場的大家致意。公主們與傳統婦女們續唱著歌謠，四周的勇士們來回踏步，卻又忍不住引頸探頭尋覓遠方國王的身影。風中的樂音漸趨明亮，勇士們的眼神堅定，或許你無法同理這些儀式真正的涵義，但那些如歌瀰漫的榮耀與激動，是不需要言語就能感受出來的。

上車前，你們又再次被一群身著獸皮的小勇士們包圍。他們除了一樣對你們手中的相機狂熱不已之外，看見是黃種人來到，更馬上擺出少林功夫的陣仗欲與你們放對切磋。你洗了幾張相片作為他們的小禮物，小勇士們更開心了，一邊跳著一邊揮手，胸口色彩斑斕的掛飾在夕光中閃耀；你揮手向他們道別，心中悄悄默禱，但願他們都能一直帶著這個美好的午後時光裡的笑容，在這個被疾病與貧困圍城的國家裡，勇敢平安的長大。

公主徹夜未眠

車子向前奔馳著，群山上巨大的焚煙與城市的燈光被遠遠拋在後頭。你們七嘴八舌地討論著各種可能發生的情境，心中既是興奮，卻又帶著淺淺的焦慮。

離開有路燈的柏油大道，車子左彎右拐進入一片小森林，Summerfield Resort鮮亮的招牌在黑暗中閃爍著，你們帶著各類樂器穿過絢麗的長廊，緊跟大使的腳步走進這全史瓦濟蘭數一數二的高級度假村裡。一位打扮華麗的妙齡女子站在大門口迎接你們，她的裙襬亮片閃耀，左手掛著銀色大手環，右手拿著iPhone，對比於一般非洲女子花布巾圍身的傳統打扮，她簡直像是從雜誌封面走出的女明星，正對你們投以大大的微笑。

她是史瓦濟蘭的長公主，你們今晚的任務，是要為她進行演出。

你們在池畔的涼亭坐下，一邊聽公主滔滔不絕地講述著今晚的計畫，一邊默默流下滿身冷汗。原來所謂的演出，其實是要替她拍攝一則以「世界末日」為主題的短劇。在這高深莫測的自編劇本中，你們必須呈現出台灣音樂的歡愉與熱情，搭配著身後反差極大的暴力美學為對比，作為世界末日當晚所出現的重要一景。「不過呢，我的拍攝團隊還在南非呢，真抱歉，你們想今晚拍完還是明天再來一趟呢？」公主大大的微笑在黑夜中，形成明顯的反光。

你們還是留了下來。

把樂器堆放於公主華麗的房間後，你們像是片場的臨演般被聚集起來，看似皇室的隨身人員送上肯德基與超市買來的麵包，讓你們在簡單的餐食後進入永無止境的漫長等待。公主奔走於各房舍間，焦頭爛額地接待陸續抵達的數十位演員們，他們大多身著新潮的服飾與配件，一派輕鬆地在吧檯暢飲聊天，彷彿早已預知了今晚的時光本會這樣揮霍殆盡。

百無聊賴的幾個小時過去了，你在幾次疲憊不堪的瞌睡後，終於忍不住起身開始了度假村內的黑夜漫遊。行經最大的幾間Villa房，幾個中年婦女正從另一戶狂歡結束的房間清出垃圾與空酒瓶，看見你時以為是住房的客人，便露出大大的微笑向你招呼問好。你心頭微微一震，接近晚上十點的她們仍夜不歸家，那樣奮力工作賺取微薄生活費的身影，彷彿到了世界末日也不會改變似的。中年婦女們吃力推著清潔車離去了，她們畢竟不是公主，這些漫長不眠的夜所累積出的歡愉，最終都要成為她們的痠痛。

拍攝團隊終於在接近午夜時刻抵達度假村。專業的燈光、攝影棚內才有的各類硬體……一場徹夜未眠的導演夢終於揭開了序幕。只見公主的眼睛都亮了起來，她呼喊著第一幕即將開演的人員，又是動作指導，又是運鏡的提點，就差沒拿張導演專用的椅子坐下蹺腳。不到十度的氣溫，幾個黑人女子跳下了泳池，幾個歐美男士故作悠閒地在池畔喝茶聊天……第一幕的拍攝熱熱鬧鬧的展開，而作為下一幕開場的你們抱著冰冷的樂器，在池畔涼亭一邊抖著身體，一邊疲憊地倒數計時。

凌晨一點十分，開拍。

口琴的主旋律壯闊起音，烏克麗麗清亮的和弦刷動著風，你的雙手也反射性的在各拍點上擊出非洲鼓的節奏。是的，直到〈愛拚才會贏〉的樂音響起時，你那幾乎被推到邊緣的意識才又真正地甦醒回來。負責拍攝的黑人朋友們似乎也精神為之一振，音樂的感染力的確驚人，即使不曾明白歌詞內容的真正涵義，他們卻也雀躍不已地從各種角度拍攝出屬於你們最好的片刻。好不容易告一段落，負責掌鏡的黑人小弟已是滿頭大汗，伸出有力的大手與你相握道別時，他半開玩笑的哼了一段你們剛剛演奏的旋律，大笑聲中攝影團隊收拾著器材，又繼續趕往下個拍片的場景去了。

臨走前公主親自來送行合照，她揮揮手，銀色的大手環在黑暗中閃閃發亮，隨即慢慢消失在迴廊轉角。抬頭望了望接近凌晨兩點的南十字星，遠方繼續傳來拍片現場的喧囂……你知道，今晚公主注定要徹夜未眠了；而你更知道，這樣難得的演出經驗，這輩子也只要一次就好。

野火

水又停了。

廚工一大早就氣急敗壞地向你們告知這個壞消息。她伸了伸手指向黑煙升起的社區後方，火焰燃燒植物的聲音還劈啪作響著；那是你居住的社區水管所流經之處，不用說，這回鐵定又被燒斷了。

進入乾季的史瓦濟蘭，其實也是南半球的冬天。陽光常常是虛構的，即使晴空萬里，深深呼吸幾口氣，冷冽的風還是會在胸腔中隱隱刺痛；就算中午時分好不容易到了二十多度，一入夜後，溫度計上的水銀也會在轉眼間掉落下來。有別於你兒時在新聞或書籍上所認識的非洲，豔陽灼熱大地，乾旱與饑荒四起外，這裡也是有開著暖氣、躲在被窩裡面直打哆嗦的時刻。

這個時候，野火便像是專門要替大家取暖似的，在史瓦濟蘭的各地燃燒起來。

彷彿一種心照不宣的大型慶典，從你工作的醫院周遭到住宿的高級別墅區，從首都附近的小山到採買時途經的鄉下地段，史瓦濟蘭人民像遠古時用烽火傳遞訊息般，開始在全國各個廣闊而未經使用的土地點燃熊熊火焰。有人說，那是一種古老農耕的智慧，透過灰燼改善土地本身的貧瘠與酸鹼值，才能在下一季種植出更豐饒的產物。

但實際上，這樣的放火看起來卻更像一種季節性的狂歡，一種專屬於史瓦濟蘭人民的樂天與即興。天黑時遠眺山頭，你總可見紅色火焰在遙遠的峰稜圍成細細一圈，緩緩朝山腰滾動直到天亮。無論是白日或夜晚，野火就這樣從不知名的角落開始燒起，順著風勢與地形向四面八方啃食，直到一切可燃之物皆被吞沒，才不甘願的慢慢漸弱熄滅下來。居民們似乎也習慣了這樣的火苗為伴，即使燒過了圍繞家園四周的鐵絲網，即使灰燼像是空襲般從窗縫吹入房內，攻占桌椅與杯皿，你也不見有人慌忙奔出前來滅火。這些火焰該往哪裡去，該帶走什麼東西，彷彿已有了一種注定的命運。

如此肆無忌憚的，似乎不只是這些在草地上焚燒的野火而已。

全國性的教師大罷工已經持續了近一個月，每日翻開報紙，各城市裡的遊行抗議、警方強力取締或是談判破裂的故事占據著各大版面。一種不安的氣氛也像野火一樣，在這個國家的各個階層燎原著。幾天前醫院的辦公室收到一則通告，在史瓦濟蘭屬於高薪階層的護士們也即將加入罷工的行列，報紙上斗大的副標寫著她們的口號「Wagula Wafa」，翻成英文竟然是「Get sick, you die!」你當下十分駭然，這封信竟是由醫院的管理階層發出的，本以為總會有些相關的對策，而到了病房才發現，除了值班的護理長外，這裡似乎真的要鬧空城計了……窗外一陣一陣的呼喊，是群眾聚集的叫鬧聲，在氣氛緊繃的空氣裡與手持盾牌的警方對峙，一個束手無策的下午便這樣過了。接下來即是週末，這間醫院裡有多少生命與病痛將成為野火下的餘燼，你是不敢想，也不願去想的。

回家的路上，感覺的空氣在你的呼吸間愈趨厚重，紛飛的小灰渣引著你向前，愈走愈濃。在熟悉的彎口處，那條直接通往社區的小徑已成一片火海。你不得已，只得繞路而行，氣喘吁吁中接到同梯弟兄的來電：「快點喔，家裡又沒水煮飯了，大家要出去覓食，你在哪啊？」你加快了腳步，濃煙裹著乾草的爆裂聲順風追來，如同你始終無法完全適應的非洲生活，溫熱而嗆鼻。

少年籃球夢

你就頹坐在場邊，心臟持續怦動，彷彿身體的某一部分還沒離開剛剛鋪滿陽光的場上；人聲吆喝著跑位著，黃皮膚的、黑皮膚的都在逆光中被剪成修長的身形，貼著南半球炙熱的土地不斷晃動，宛如一場巨大的皮影戲。你灌下一大口水，喘氣，回想上一回這樣竭盡全力的投籃、跑跳，竟然已經是好久好久以前的事了。

那是曾經有過的少年籃球夢。

國中放學後的傍晚，你們早在鐘聲敲響前悄悄收拾好書包，敬禮時「謝～謝～老～師～」的尾音還沒散完，腳步便已沉不住氣地移動起來。百米賽跑般衝向球場，用書包在籃框後方疊繞一圈宣示主權，轉身運球射籃，占場的儀式才算是真正完成。你們週末組隊參加比賽，可以從日正當中的飯後打到星月高掛；你們有人扭歪了足踝，有人砸傷了眼眶，但卻沒有一件事能阻止你們重回熱汗蒸騰的球場。被校隊痛宰也好，遇上社會人士來踢館也罷，你一度認真的認為，這些在球場上無懼於一切的美好時光，也許永遠不會淡去。

但升學考試終究是來了，假日的輔導課也來了。你考上第一志願的高中，考上醫學院，你學會了計算射籃時拋物線的方程式，計算爭搶籃板時在空中碰撞，兩人彈開的動能與向量；但你卻沒算出來，自己為什麼愈來愈無法把球給投進籃框。每每走回球場，當時一起並肩的少年們，不是悄悄在場上離開，就是早已奔向你無法企及的遠方。你總是落在後頭，看著愈來愈多身影閃過你，跳躍，把球投進；漸漸地，你愈來愈少回到球場上，進入醫學院之後，這項曾經占去你生活絕大部分的運動，幾乎從你大學生涯中消失了。

感謝同梯弟兄的邀約，讓你又有回到了球場的機會。只不過這一次，是遠在非洲的史瓦濟蘭。

過去只有在NBA轉播時才看過黑人打球的你，與他們真正在球場上遭遇還是第一次。起初面對比你高上一個頭的對手時心中難免畏懼，加上許久沒有碰過籃球，一開始無論是進攻或防守總是怯生生地，顯得有些手足無措。兩位同梯弟兄因為是這個球場的常客，早已習慣了這樣對戰的強度與球風，你仰賴著他們在場上的提點與餵球，才慢慢摸索出在這個球場打球的節奏。

與黑人們打球其實非常新奇。球場上的他們似乎鮮少仰賴跑位、擋切或過多的假動作，取而代之的，是對於自己身體本能的自信。無論是切入時的爆發向前，爭奪籃板球時連續的跳躍，或是上籃時寧可在空中高難度地持球也不外傳……黑人朋友們時常像是展演一般試圖告訴你，原來人類的彈性與協調性，可以這樣被推往自己未曾想過的極限。最令你意外的是，這樣極為耗能的比賽方式卻沒有令他們吁吁喘氣；相反地，他們像是有用之不竭的體能似的，方才結束一輪，隨時又可以繼續下一回合的飛躍與衝刺。

有一輪上場，報隊的是三位看似高中生的少年。他們從運球到上籃，場上的溝通到進球後的擊掌，渾身上下皆散發著美式嘻哈的風格，彷彿隨時都可以在場邊翻身熱舞起來。你的隊友經驗老到，明白這些對手勢必只能智取，不可硬碰，便不斷透過妙傳製造空檔，讓你時常得以輕鬆的投籃取分。這群少年們看著比分逐漸落後，卻也不曾減滅打球的鬥志；你看著他們盯著球的眼神，防守時竭盡所能跳躍的身形，以及好不容易進籃後的搖頭晃手以示勝利，簡直就像一群草原裡的獵食者們。那種對籃球的渴望與熱力，不知道為什麼，讓你好懷念國中那段美好的下課時光。

某個禮拜日的上午你獨自前往球場，想在下次相約打球之前，好好鍛鍊自己低得可憐的中距離命中率。不知是不是因為教會禮拜的緣故，週日的球場空無一人，你在場上奔跑與運球的聲響成了周遭唯一的聲音。你很喜歡這樣一個人練習的時刻，透過單調反覆的動作，感覺身體每一寸肌肉的律動，只為了如此單純的目標：把球投入籃框裡。

自顧自地練投到了十點多，這樣平靜的狀態忽然被一群衝進球場的孩子們打破了。他們看起來約莫六七歲，帶著與他們身高不成比例的籃球，竟煞有其事地也學著大人打起大半場的比賽來。雖然受限於氣力，孩子們投出的十球有一半連籃框也沒碰著，卻沒有一個人因此感到無趣而放棄比賽。混亂之中，有人投球不進彈得老遠，恰巧就滾到了你的眼前。十來雙眼睛盯著籃球朝你望來，看到是個陌生的外國人，互相推喊，就是不知道該派誰來把球給撿回去。你接了球，忽然玩心大起，走到半場線上瞄準籃框，用力把球投了出去。

球沒有進。

搶下籃板的孩子轉瞬又讓球場恢復了剛才的混亂與碰撞，沒有人說謝謝，也沒有人回頭向你指指點點。他們只是又回到了原本的專注，小小的黑色身影追逐著橙色大籃球，永遠不會疲累似的，在炙熱的陽光下把影子愈踩愈短。在這個平均壽命不到五十歲的國度，這些正在萌芽的小小籃球夢，也許會比升學主義下成長的你，有更截然不同的艱辛吧！不知是被眼前的笑聲感染，還是奮力投籃的身影打動，你轉過身，抬起頭來面向自己的籃框，今天決心要再投進一百球才回家。

尋屋記

「咦，是這裡嗎？」

司機拿起手上密密麻麻寫滿小字的紙條，望向空地上的平房，土黃的沙塵在小商店的外牆漆上厚厚的塗鴉。除了風沙與灌木，四周沒有路牌，也沒有任何可以定位的地標；只剩下商家裡的黑人女孩托著腮靜坐發呆，整個十字路口安安靜靜，像是一個被世界遺忘的角落。你納悶地悄聲自問，真的有必要大老遠跑來這裡迷途一趟嗎？

地址這兩個字，在第三世界國家時常是不存在的。在都市地區，家屋與大樓或許還有對應的路段與街角，但只要向市中心外多走幾步，以道路為定位的住址便僅剩下區域名作為標記；若是繼續朝著郊區遷徙，或許就只能靠著問路的話術與各天然地標來尋得最終的目的地了。大樹也好，廢棄的鐵皮屋也罷，每個坐落在眼前的物件都可能是路牌神祕的化身，也因此每個來到鄉下地區家訪患者的任務，儼然皆成了一場場荒野的探險旅記。

你們撥通了對方的手機，陸續抄下新來的住址資訊：看到小橋後第一個路口左拐、再找一間商店從對面的路口彎進去……你默念一次，像是《哈利波特》小說裡要開啟各學院大門時所要朗誦給守衛們的通關密語，接著重啟引擎，四輪傳動車繼續在黃沙滾滾的土路上飆起路來。只是對方似乎忘了跟你們說，那條橋下的小溪早已淤塞成土堆長滿野草，那家商店在多年前熄燈後，招牌不知已被拆卸到哪裡去。陽光炙熱，你們的汗水隨風奔騰好久好久，終於在一個大上坡的拐彎處看見了房舍與人煙。

枯木為柱，碎石為磚，烈陽灼烤著茅草屋頂，吐納出乾燥的氣息。若不是親眼目睹，還以為自己誤闖什麼時光隧道，走入了探索頻道考古節目中的石器時代。一個不到二十歲的母親抱著孩子出來迎接你們，細問之下，原來真正的目的地還在遠方，而這裡僅是這個貧窮區域中被你們意外撞見的一戶。或許是從未有東方人在此駐足，大家庭裡的所有人皆抬起頭來好奇打量著這些意外的訪客：彎著腰的中年婦女一邊扭乾鐵桶中的舊衣，一邊朝我們露出雪白的微笑；石屋前蹲坐著一位老奶奶與她的曾孫女，她們靜靜守著腳跟前曬著一籃撿拾來的瑪乳拉果實（Marula）發呆，百無聊賴的時光彷彿也就跟著果子們這樣漸漸發酵而去了。你知道距離這裡幾百公里外的廠房裡，這些果實經過加工再製，便是觀光客拿著大把鈔票搶購的化妝品與甜奶酒；但在這個不見男人的傳統聚落，她們能做的僅是努力將孩子們養大，將生活的無奈與苦埋入果堆之中，等待大地漸漸風乾。

拍了照，交換了螢幕上的微笑，你們拿著新得到的方向繼續向前啟程。土路好像沒有盡頭般不斷向前蜿蜒，你疲憊的側臉不斷碰擊車窗，像是節拍器一樣計算著路程的長度。幾乎要昏睡過去之際，一雙奮力揮動的雙手出現在前方不起眼的十字路口上。他們已經在那裡了。

簡直不敢相信那就是數個月前照片中那奄奄一息的年輕人。曾經血海翻騰的頭顱上，如今僅剩下一道由正面幾乎無法辨識的疤痕；而那原本癱瘓無法使喚的右手，在與你擁抱致意時，是那樣的有力而堅定。你們下車徒步，兩旁被鐵絲圍起的玉米田在高溫下顯得意興闌珊；相似的農舍錯落田間，而你們緩慢前行，來到公衛護士小小的家屋。一隻瘦骨如柴的小黃狗向你奔跑而來，不吠不叫，只是乖巧地搖晃尾巴，像個引路者般帶你走向爬滿藤蔓植物的土屋；那些電影《魔戒》中哈比人的夏爾村才會出現的房舍，如今就這樣坐立你的眼前。你望著發愣之餘，公衛護士連忙搖搖手，原來那只是他們古老的倉房，你彎下身，低頭走進一旁真正的居所。

幽暗的客廳僅靠著光影偶爾從門間穿入，照亮空氣中紛飛的粉塵。你在沙發坐下，一邊聆聽團長細問著病人術後的復原狀況，一邊觀察屋內非洲式的各種裝飾：從古老的人物畫到傳統木雕，從枯梗串成的掛飾到桌角疊成小塔狀的蛋殼堆……雖然略顯擁擠繁亂，卻真實地在小小的空間內拼貼出一種令人安心的溫暖氣氛。教會的勵志語若有所示地靜坐在櫃頂，泛黃紙上印著幾個英文大字：「Life will never be the same.」彷彿一種對醫者的隱喻。

是病痛的驚濤，是貧困與生活的駭浪，而你們若能成功改變這些生命的航道，他們便能再次回到他們最安穩的港灣，回到溫暖的家。

遊獵的本事——Safari

朋友們從舟車勞頓的野生動物園之旅回來了。大家迫不及待地擠到相機前，無非就是想看看這回又有哪些特別的「獵物」被捕捉到手。相機的小螢幕微微發亮，天空藍得像油畫，芒草被午後的陽光染成一片金黃，慵懶的獅子、圍湖飲水的象群、巨塔般的長頸鹿……大自然川流不息的生命被裁切下來，成為一張張可攜帶的風景。

Safari，你第一次聽到這個詞，是在東非的肯亞。在斯瓦希里語中，這原本指的是任何形式的旅行；隨著歐美的遊獵文化來到非洲，Safari也漸漸專指拿著長槍、乘著吉普車在草原上的狩獵之旅。近年來保育意識抬頭，獵遊者們的槍管早已被各式鏡頭取代，子彈化為記憶卡與底片，再也沒有誰會在牆上掛滿巨大的動物頭顱了。把自己與獸群們近距離的合照上傳網路，打卡標註自己的所在，才是時下生態旅行者們用來保存記憶與戰果，最樂此不疲的方式。

Safari迷人之處，在於過往僅能在探索頻道或紀錄片中出現的畫面，可以近在咫尺地與你互動；Safari需要等待，需要冒險於未知的小徑；為了尋得隱匿在林葉與長草之中的群獸，你們必須專注在眼前的每個細節，卻又不能過於接近。Safari無異是一種外來者大剌剌走入大自然生活圈的旅行方式，但若過於侵略彼此的生物距離，小則引起對方竄逃，大則招來憤怒的追擊。因此，Safari的哲學就如同它旅行的本意：保持著好奇與熱血，同時謙卑與尊重。

每年的七八月之間是史瓦濟蘭的乾季，南半球的冬日天氣清冷無雨，乾枯的野草尚未茁長新芽，是最適合Safari的季節。然而在這些野生動物園以外的地方，一種另類的Safari也正悄悄的開始進行著。

四月以降，許多國內的團體相繼來到史瓦濟蘭。有的是政府長官們的參訪，有的是志工與研究團隊，大抵相同的是，他們對於初次來訪的非洲大陸都有著無限的好奇與想像。隔著車窗搖晃在顛簸的路上，一次次的Safari似乎也就這樣開始了。許多人拿起了相機便沒有放下來過，鐵皮蓋下的小販、頭頂滿箱生活用品的婦女、茅草與石板堆疊的小屋……他們不斷按下快門，像是蒐集拼圖碎片一般，試圖排列出自己眼中的史瓦濟蘭。你曾遇過一位隨團的專業攝影大哥，手裡的長鏡頭在高速行駛的車身中仍自在起落，像一把神準的來福槍不斷射擊。當觀景窗中的路人發現自己已成相片裡的主角時，也只能轉頭望向車隊驚呼，看著你們的背影在遠方逐漸消失為一串小小的黑點。

而你所工作的首都政府醫院，更是每個想對當地醫療一探究竟的團隊們，參訪必經之地。有次一口氣來了近三十人，你們只好兵分多路，在各病房與開刀房外流轉，「……這裡是一般內科的病房，以愛滋病與肺結核的患者為最大宗……」「……這是通往開刀房的長廊，木門後的報到處進去那三間手術室，加上外頭的急診治療區，就是這裡所有可以開刀的地方了……」來自醫學院的學弟妹們瞪大了眼睛，有人忍不住拿出相機拍攝，有人低頭用手機打卡，也有人踮腳探頭想向前窺看，卻又因方才傳入耳中的疾病而保持著距離。你忽然覺得自己像個旅團的領隊，瞻前顧後又得滔滔不絕，只差沒舉個繡名的小旗子了。

就像所有的Safari一樣，在這樣的季節裡，參訪團們週期性地來來去去，帶著許多美好的畫面、感動與衝擊離開。但這終究不是大草原上的遊獵旅行，觀景窗下的人們也從來不是健忘的。一天下班回家的路上，你忽然被大門口的警衛攔下，搞了半天，原來是誤認你為先前來訪的志工們。「他幫我拍了照，還說會給我相片呢！」他一臉失落地對於認錯人而向你道歉，你卻莫名的感到愧疚。「我九月才會回台灣，我幫你補拍一張吧！」

警衛笑開了，呼朋引伴要大家一同來合照。負責開關閘門的同事來了，賣著手機通話點數的大哥來了，就連右腳剛開完刀的小弟也一跳一跳地靠了進來。你舉起相機按下快門，喀嚓喀嚓，心裡暗想，這回一定要將照片送達他們的手中。

後來你才發現，獵遊者與被獵者的角色，原來時時刻刻都在對調著。

某次義診選在國小舉行，全校的孩子們像是參加嘉年華般湧入診區外的廣場。九點診間一開，隊伍便像是電玩裡的貪食蛇愈接愈長；你們病歷寫得手痠，頭昏眼花之際捱到午休時間，連忙領個便當頹坐下來。負責翻譯的護士一邊灌著可樂，一邊向你抱怨：「這些小朋友根本健康得很，他們只是來看你，就像你們拿著望遠鏡去看獅子一樣！這麼一來，他們就可以得到其他人的注意，如此而已。」

離開診間，與廊外幾位熱情的小朋友玩樂一陣，你找到不遠處一個教室的角落，決定坐下來靜靜拍照。窗戶的另一端忽然傳來聲響，你起身探頭，兩三位國小低年級的小男孩正躲在牆邊；看你忽然出現，一邊格格笑出聲，一邊手比手槍的七字形，作勢朝你瞄準射擊。你向前一步，孩子們興奮地快步跑開，偶爾轉頭繼續回射，看見愣著的你沒有反應，才繼續跑向診區尋找下一個黃色皮膚的目標。

你看著他們小小的背影穿梭探頭於義診的其他工作人員身邊，赤著腳踩出一只又一只的印子，保持遠遠的距離，自得其樂地瞄準、開槍。這會是屬於他們的Safari嗎？也許他們一輩子無法像你們那樣出國旅行，也許他們永遠籌不出多餘的生活費坐上吉普車，花上幾千元追逐草原裡的獸群。但你知道，他們小小的心裡多已寫好了劇情與路線，他們體內流著這片土地上真正遊獵者的血，如此古老，卻純真而堅毅。

鼓聲響起

第一面鼓首先打出一段簡單的節奏，反覆，在第二小節時加入第二面鼓，反覆，然後加入了第三面鼓。

空氣振動起來，你感到心臟撲通撲通的共鳴著，忽然之間有人變了奏，原本重唱中的鼓聲毫無預警地，像是非洲常見的午後雷陣雨般暴動起來。四位鼓手感覺各自即興，卻又保持著某種調和過的良好默契，鼓聲持續撼動著現場，你感覺到身後有人已情不自禁的試圖跟著打起節拍。最後一擊收尾的瞬間，掌聲沒有猶豫的在房間內爆炸開來；幾位鼓手站立鼓前，微微回禮，接著便像是初登場演出般靦腆地笑了開來。

掌聲稍歇，華麗的鼓聲又再度拍擊而出。若說第一首曲子是夏日雷雨，那第二首大概就是雨過天晴後的草原了。鼓手們的頭與身軀隨著每個敲擊搖擺，五雙手掌在八個大小不等鼓面起落、飛旋，有人從額上滴下了豆大的汗水，有人閉起雙眼把自己完全融入節奏當中。一種純粹的、野性的擊奏，彷彿你們隨時都可以放下手中的觥籌，拉著彼此圍圈起舞。

如果沒有跟著團裡的醫師來到新朋友的感恩節Party，你也許不會有機會聽見這場非洲鼓演出；如果沒有跟著大夥來到現場，你也許不會發現方才群聚在樓梯邊，害羞與大家交談的當地男子，其實是一群專業的非洲鼓鼓手。帶團的Raphel看你們對於樂鼓興致勃勃，立刻靠了過來，提及他們有些到府教鼓的課程，「很便宜，一個人只要史瓦濟蘭幣五十元喔！（約台幣兩百元）」

你對他笑了笑，記下電話號碼，隨著手機放入口袋。Party繼續向更深的夜晚拓展，你坐上返家的車，搖搖晃晃駛入黑暗之中；你把手掌貼在車窗，腦袋裡還縈繞著久久不散的節奏，你伸伸手指，不由自主地在玻璃上敲打起來。

你之後雖然沒有與Raphel再聯絡上，卻買下了人生的第一個非洲鼓。

*

相對於專業演奏者的樂鼓，這只從手工藝市集殺價而來，高度約莫僅到膝蓋的非洲鼓顯得迷你許多。但也許就是因為來自那些小販之手，每只非洲鼓從雕花、彩紋到獸皮拉製的鼓面皆獨一無二，因此即使大小與價錢皆相同，選購時仍需要一只一只的試音，挑選自己最喜愛的音色與圖樣。你總覺得這些非洲鼓是有靈魂的，要明白哪只才是最適合自己的樂器，除了用心去聆聽、敲擊之外，別無他法。

大概是因為鼓本身就小一號的緣故，你在演奏時不是需要微微前傾，就是得將整只鼓側抱在懷中擊奏，敲敲打打久了，彷彿鼓身已成為自己的一部分。你的非洲鼓雖身形略小，擊奏時的音色變化卻一點也不馬虎：低音渾厚且共鳴力道十足，宛如大砲初響；中音四平八穩，高音卻像箭羽般穿透聽眾的耳膜，直達心房。你雖然僅打得出三種音色，透過各種節奏的排列組合，卻也已經足以演奏出千百種變化。

在與其他同梯的弟兄及僑界的小朋友們組了一個小樂團後，你的非洲鼓終於有了可以登台的機會。

合奏的練習並非一直都非常順利的。也許是非洲鼓本身的音色與響度本來就很難低調，你又偏好以繁複的節奏來表現這只鼓最完整的樣貌，因此在合奏時，你的鼓音一開始總會無法找到融合其他樂器的演奏方式；其他團員們只好陪你反覆練習，方能慢慢磨合出最佳的和聲。有時候不免去問自己，你所執意追求的，是非洲鼓真正該被展演的節奏，還是你心中所投射出來，非洲應該要有的聲音呢？

因為幾度被徵召在球會或僑宴上演出，你們在合奏的曲目中，自然多了些富有台灣家鄉味的歌曲。那場子總是這樣的：大圓桌與威士忌，台語歌與軍隊隊歌，笛音與琴聲搭著主旋律在飯廳交錯，你手裡的非洲鼓咚咚咚地引著全場打節拍，如果不是飯店的黑人服務生偶爾上來收拾餐盤，你總會有種自己已經回到久違的台灣，參加老鄉裡流水席的錯覺。

宴會終要散場，你把樂鼓上肩，隨車蜿蜒回到首都的住所。有人癱坐在沙發上上網，有人回了房倒頭就睡，你捧著樂鼓走回房間，點開電腦裡的音樂把耳機掛上。伸出手指，小聲地在鼓面上敲出壓抑的高低音，不知道為什麼，你覺得最近的非洲鼓聽起來似乎漸漸失去原有的奔放與野性，即使是澎湃的曲子，打起來好像也帶著一絲絲的懷舊與溫柔。

你想，你是有點想家了。

*

最後一場演出後，你們每週固定的團練也暫停了下來。少了大家一起合奏的動力，你的非洲鼓被放在房間的角落；一開始還會偶爾拿起來把玩，但時間久了也意興闌珊，索性收入木櫃之中，幾乎遺忘了它的存在。

五月的盡頭，史瓦濟蘭的野火開始四處焚燒的秋冬之際，全國一年一度的BushFire音樂祭也終於熱鬧地展開。在這場有如春吶的盛會中，來自南非與歐美的樂團在此群聚一堂，輪番接力從午後開唱到凌晨。你們自然不肯錯過這場難得的嘉年華，早早訂了票進場，即使主舞台的節目還未開始，你們仍被周邊熱鬧的氣氛給吸引了。來自各團體的創意市集、大倉庫重新布置後的裝置藝術展演區、小舞台上賣力演出的獨立樂團……走累的時候，就點一杯生啤酒，在草地上找個空曠之處平躺下來，以背包為枕，藍天為被，任憑陽光與遠方的樂音溫柔把你與時間都釘在草地上，彷彿可以永遠靜止在這裡。

就在這慵懶迷濛的時刻，一陣騷動從後方傳了過來。

是鼓聲。

如果暫時忘卻自己仍在非洲，如果不是四周被來自各國的觀眾給包圍，你還以為是台灣哪個廟會遶境時所發出的巨大喧囂。轉過頭去，一群約莫三四公尺高的大人偶搖搖晃晃，像是踏著喝醉般的腳步朝這裡遊行而來。這些人偶大多塗鴉上鮮豔的色彩，從非洲傳統的圍裙到頭上的編髮，處處展現這塊土地上人們熱情的生命力。一些孩子興奮地加入遊行隊伍的舞動行列，另一些則被巨大的人偶嚇得一把鼻涕一把眼淚，操縱人偶的青年們看見現場反應熱烈，更是用力搖動長竿，讓人偶更加手舞足蹈起來。

但是比這些人偶更加吸引你的，竟是穿梭在遊行隊伍中，那群一邊嘶吼一邊跳躍的鼓者們。他們身著白色制服，一邊以誇大的動作繞著人偶跳舞，一邊奮力敲擊腰際的鼓面；綿延壯闊的聲響承載著遊行隊伍的熱力，穿越群眾向前走去。豔陽下的鼓者個個渾身濕透，豆大的汗水淋漓而下，他們甩甩頭，仰天而嘯，彷彿對天地的一種宣示：我們就是要這樣不斷的打下去。

你拿起相機跟在隊伍後頭，只見鼓者們的腳步愈趨狂野，竟是讓你無法準確對焦。你終於明白，他們的樂器不只是腰邊的非洲鼓或小鼓，而是彼此身體與精神的全部。有如著魔一般，有些鼓者已閉起了眼睛，一邊自旋一邊向前舞動，手中的鼓棒持續加速；你想起電影《陣頭》裡的鼓聲，原來在地球的另一個角落，也可以找到生命力如此相似的共鳴。放下相機，你高舉雙手隨著他們的節奏打拍，目送鼓聲與人偶的行隊漸漸走遠。

主舞台上調音聲鏗然響起，音樂祭的重頭戲即將開始了，你的心頭撲通撲通跳著，卻好像隨著剛才的節奏被帶到了很遠的地方。

*

音樂祭後的那個週末，你起了個大早，把塵封許久的非洲鼓搬出房間，連同洗好的衣服一起拿到後院曝曬。近冬的陽光總在這個時間漸漸驅散夜寒與霧氣，讓草地重回一種適於烘焙的溫度。外出慢跑，直到空氣重回非洲大陸熟悉的炎熱與乾燥，你才回到宿舍拎起鼓具，在房屋後方的台階蹲坐下來。喘息著，雙手輕輕放在鼓面，深深吸了口氣，然後開始拍擊。

還好，原來你沒有忘記，一點也沒有。

陽光烘烤後的鼓面發出前所未有的高昂聲響，像是解放了長久以來被冷落的委屈一般，把節奏遠遠地傳送出去；穿越圍籬，穿越灌木與塵灰，熟悉的震動又回來了，彷彿準備好要與整塊土地一起共鳴。你闔上眼睛，感受指尖的震動與汗水的滴落，方才因跑步而痠痛的雙腳情不自禁的打拍；是這樣單純美好的樂音，每一次，都能讓你再度清醒起來。

裸之書

「你去了那邊，會不會看到路上的人都沒有穿衣服啊？」

這已經不是第一次被朋友問到同樣的問題了。與你小時候一樣，許多人對於非洲大陸的想像，來自於十多年前幾則震動人心的公益廣告。如果沒有記錯，那是北非遭逢數十年來最嚴重的蝗害，貧困與饑荒席捲了原本早已脆弱的土地。在黑白映像中，瘦骨如柴的黑人母親捧著嬰孩，裸著身，肘中的孩子不斷哭鬧；他小小手心緊握著乾癟的乳房，早已擠不出任何汁液。背景音樂的小調持續播送，許多人終於赤裸裸的看見世界的另一個角落，也是那些赤裸裸的人們第一次被你們看見。

非洲大陸被貼上的標籤遠遠不只這些。貧苦與富裕，野蠻與文明，許多人是這樣想的：連下一餐都不確定會在哪裡的非洲人，怎麼會有時間關心自己身上是否穿上了衣服呢？這並不能責怪他們的無知，畢竟史懷哲書中的病患是如此，電影《上帝也瘋狂》中握著可樂瓶的歷蘇也是如此的。無怪乎作家林怡翠在《島嶼女生的非洲時光：詩人與獵人》一書中，引述過這樣一則經典的笑話：「一個非洲的部落酋長有一天突然對著他的人民宣布：『請大家穿上衣服，把重要部位遮起來，因為有幾個外國學者要來訪，天曉得這些文明人會幹出什麼野蠻事來！』」

受過英國統治的史瓦濟蘭，生活與穿著上早已因殖民而西化，除非遇到特殊的節慶，否則就算是身著傳統服飾的當地人，也鮮少袒胸露乳地走在大街上。然而從一些生活小事，你卻不難觀察出史瓦濟蘭人對於身體裸露這件事的思考，與來自台灣的你們有著截然的不同。

以開刀房內的工作人員來說，你不止一次遇到更衣間洗完澡的黑人朋友，全身赤裸地從蒸氣中走出，不疾不徐地擦拭身體，一邊悠哉向你們問早。「早啊早啊，醫生，今天天氣真好！」你推門進來，走廊上的陽光恰好就落在他噴滿體香劑的身體線條上。那樣坦然愉悅的場景，簡直就像裸湯的溫泉池畔，心滿意足上岸的泡湯客。相對於他們對裸身的習以為常，你更衣時左顧右盼尋找遮蔽的拘謹模樣，在這裡反而顯得有些不合時宜了。

赤裸有時就是單純的日常，是生命繁衍的自然表現。所謂的育嬰室在史瓦濟蘭是不存在的，在擁擠的候診區裡，嬰孩們放聲啼哭的時刻，母親們總會毫不猶豫的解開胸前釦鍊，拉下布巾，在大庭廣眾之下袒露她們形狀各異的乳房。有的像水珠般圓潤飽滿，有的瘦扁一如乾枯瓜果，當然也有餵養過太多孩子而下垂鬆軟的。但無論是哪一種，那都是生命的湧泉，是這個世界賜予嬰孩的第一道雨露；他們總是一手抓著母親的手，一手緊握咖啡色乳房，小小的嘴巴使勁地吸吮，不浪費一點一滴珍貴的養分。在這裡，這些母親的裸身不會換取任何好奇訝異的眼神，一切都是那樣溫柔慈靜，宛若一幅雷諾瓦的畫。

*

南半球冬日將盡，蘆葦轉熟為金褐之際，正是史瓦濟蘭一年一度蘆葦節（Reed Dance或稱Umhlanga）舉行的時間。數以萬計的少女們從史瓦濟蘭全國各地出發，或者徒步，或者擠滿卡車來到王母位於Ludzidzini的皇宮居所。在台灣媒體的報導之中，蘆葦節往往被貼上「國王選妃」、「上萬名少女裸身獻舞」這樣聳動的標題，然而隨著時代的變遷，蘆葦節作為現場選妃的功能少了，反倒是提倡少女們保持貞潔、避免婚前性行為的傳統，近年來因為愛滋在當地的肆虐，再度成為蘆葦節裡被關注的文化焦點。

蘆葦節的另一項焦點，是全國各地的少女們將在慶典開始的前幾天，聚集到王母皇宮附近的河川沐浴淨身。如同恆河畔的生死百態與湄公河上的水上人家，千百名女孩似乎早已習慣這樣自然赤裸的習俗，面對觀光客們驚訝的表情，少女們總是以向日葵般的笑容回應好奇的鏡頭。她們半裸或全裸的擠進觀景窗中，大方擺出拍照所需的各種姿態，青春無敵的熱力很快融化了初次見面的尷尬。五顏六色的換洗衣物掛滿枝頭，粼粼水光映在她們毫無遮攔的胸口，那樣自然純粹的美感，現代社會的任何布料加諸在她們身上，都顯得太多餘了。

繼續跟隨著川流不息的卡車行駛到會場周邊，原本平靜的街道早已消失，垃圾成堆的溝渠旁有牛隻與地攤爭道，幾根枯枝、幾張破帆布隨意組合，臨時搭建的市集就這麼綿延不絕拓展開來。下了車，四周的喧囂一擁而上，空氣中滿溢著烤肉與玉米糊的香氣，小販們熱情的問好聲穿梭其中，試圖緩下你們的腳步。你點了一份烤雞用手抓著邊走邊啃，離火不久的肉汁極燙，竟把裝載的保麗龍盒融出一個大洞。你嚇了一跳，不小心擦撞到幾個錯身而過的半裸少女，她們回眸與你四目相接，見你吃相狼狽，皆忍不住格格地笑出聲來。

準備進入典禮現場的少女們會在場外列隊，不需樂隊，也沒有任何節奏與指揮，幾個吹哨的女孩隨意起了音，超過三部和聲的當地民謠便從各隊少女間吟唱出來。她們移動著腳步，轉圈，手中的蘆葦搖晃有如一枝枝用來彩繪天空的畫筆，細穗飄落，成為小小金褐色雨絲。不久後，旁邊護衛的勇士們擊了擊掌，隊伍前進，少女們嘹亮的歌謠持續響徹風中，那種不需理解歌詞，也可以被深深打動的感覺，原來就在此時此地。

*

穿過黑壓壓的人群，你們終於在擁擠的看台上找到幾個可以蹲坐的位置。那些專業的攝影愛好者早已架好雲台與腳架，瞄準了少女們進場的方向；幾個換上傳統服飾的白人女子（當然她們並沒有裸身），開心地拉著同行的男伴們轉圈。你想起自己在勇士節時，也同樣圍起布巾拄著木杖，四處拿著相機與當地人打交道的樣子，才明白大家其實都是一樣的。因為無法真正成為他們的一分子，你們更加渴望透過模仿與裝飾，讓自己更貼近這些文化裡的種種美好。

期待已久的進場終於開始。皇室的公主們與來自各部落的少女一邊高唱著歌謠，一邊隨著節奏舞動前進。隸屬不同地區，甚至是不同非洲國家的少女們各自有著獨特的舞步與民謠，扭腰擺臀者、揮舞假刀假斧者甚至是抬腿轉圈者在場上爭奇鬥豔，一場巨型的非洲嘉年華會就此展開。陽光斜斜射來，少女們汗如雨下地搖擺她們熱情的身體，在那自然而原始的舞動中少了些狂歡的激情，卻充滿了對於自身文化的榮耀，對於力與美的純然自信。你終於明白，為什麼團部的廚工談到自己年輕時參加蘆葦節的情景時總是神采飛揚，對她而言，那也許真的是一生所經歷過的，最最美好的一段時光。

也許是這些少女們姣好的身材，也許是歌舞本身的熱情與華美，隨著少女們繞場的熱烈展開，觀眾席上的攝影者們幾乎要暴動起來。為了捕捉這畢生難忘的畫面，你抓起單眼相機隨同人潮擠向廣場旁的草地，面對數以千計的鏡頭與驚訝表情，行進中的少女依然大方地轉身對著你們搖擺高歌，彷彿一切的騷動都在她們的預料之中。在這塊土地上的此時此刻，赤裸不再是令人羞赧不安的表徵，而是一種發自內心的喜樂。

不過維持秩序的警衛們可不是這樣想的，隨著你們與少女間的安全距離愈來愈近，他們連忙急促地鳴哨試圖驅離你們這些攝影狂熱者；你稍稍退了幾步，卻發現身旁手持相機的人們又像潮汐般湧上前去。正猶疑著要不要跟上他們的腳步，一名女警忽然奪下了草地上的腳架大聲怒吼；眾人掃興退開，你這才忽然驚覺，手持高科技器材的你們在面對非洲大陸最自然原始的慶典時，當下的反應竟然帶著些許野蠻的氣息。你走回原本的觀眾席一屁股坐下，慚愧之感油然而生，此後再也沒有走回草地旁擁擠的人群之中。

天色漸漸暗下，廣場上千萬名少女們卻沒有要停下歌聲或舞步的意思。忽然廣場中央空了出來，來自各部族的少女們輪番上來獻唱或獻舞，隨著她們的跺地與擺身，觀眾席上的親友團像追星的粉絲團般隨之尖叫吶喊。一旁萍水相逢的黑人朋友向你們解釋，透過短裙上的五彩珠紋、手腳上的吊飾與絲綢，甚至是多樣的手杖或盾牌，要辨識出自己的家人並不困難。「像是現在頭上插著紅色羽毛的那個，就是公主唷！」

你拿起望遠鏡頭看去，畫面中熟悉的臉龐，竟是那位曾委託你們樂團演出至三更半夜的長公主。褪去了華麗的服裝與閃耀的大手環，她與現場上萬名少女一樣搖擺著半裸的身體，隨著音樂緩緩走向廣場的中心。忽然樂風一轉，現代化的電子演奏從擴音器中播送出來，現場的群眾聽了一段，發了狂似的起身鼓掌吶喊。身旁的黑人朋友一邊大笑，一邊解釋道：「這是公主自己寫的詞曲！她說自己還是處女之身，要女孩們好好學習她，不相信的話，歡迎大家來檢查！這真是太瘋狂了！」

一邊聽著，你也忍不住跟著大笑起來。不論時代怎樣變遷，這個國家如何在各種艱困的環境下掙扎，蘆葦節的精神是永遠不會被遺忘的。現場的氣氛愈趨高昂，擴音器中公主的聲音更加激動了，那裡頭似乎有什麼強大的蘊能，可以帶領她們去戰勝貧困，擊倒疫病，向前走出一條陽光灑滿的路。

【後記】

少年醫師的奇幻漂流

凌晨四點整，剛剛結束一床氣胸病人的急救，電動門刷的一聲的打開了，手腕仍痳痛著，彷彿還殘留著剛剛壓斷肋骨的觸感。走向長廊的玻璃窗，我斜斜靠著身體，讓全身痠疼不已的肌群暫時獲得舒緩。窗外漆黑一片，除了自己藍色值班服的倒影外找不到任何燈火，我忽然回過神來，才想起這座醫院其實位於台南小鎮的田間。是的，我又離開了熟悉的城市，如同實習醫師開始的生活一樣，漂流到了這裡。

對於大多數進入臨床工作的年輕醫師來說，見習與實習開始後的幾年，往往是行醫生涯裡最動盪不安的時刻。我們從學院走入診間，從教科書走入病房，懵懂的心靈首次在各種生老病死的現場來回衝撞、震盪，留下了千萬種火花。如果醫學的各科別是一座座靠海的城市，我們便像是一群航行於晝夜之間的水手，在每個港口短暫停留，補給所需的知識與能量，隨即又要循著古老的航海圖，向遠方旅行去了。

台灣近年的醫療環境，可說處於一個最好也是最壞的時代。各種先進儀器與新藥蓬勃發展的時刻，醫療糾紛與濫訴卻使醫師成為全台最大的犯罪集團；動輒千萬元的賠償，各醫院亦不得不採取大量的防衛性檢查作為保護自己的鎧甲。許多人擠破頭也要選擇風險較低的小科申請，及早找到一個安穩的港灣，結束漂泊不定的生活，似乎已成為許多年輕醫師們畢業後的當務之急。

我很幸運，自己的航旅並沒有隨著醫學系畢業而終結；相反的，透過申請上外交替代役而來到位於非洲的史瓦濟蘭，反倒成為我人生中最奇幻的一場漂流。

這輩子大概很難忘卻在成功嶺新訓的那天，伸手從籤筒中抽出史瓦濟蘭這個國家時，台下弟兄們的歡呼聲；那樣的氣氛，彷彿我是一名羅馬競技場中被推出來與獅子對決的鬥士。我很能理解他們歡呼的理由，因為在外交部發給每位役男的國家簡介中，史瓦濟蘭的介紹有一段話大概是這樣寫的：「根據統計，史國國民的愛滋病罹患率高達四成，使得國民平均死亡年齡降至三十二歲。」

透過媒體與網路、電影與小說，我們對於非洲的印象往往與幾個關鍵字擺脫不了關係：貧窮、落後、天災與戰火。那是公益團體鏡頭下裸身哺乳的瘦母親們，是探索頻道上生死流轉的動物大遷徙，也是電影《血鑽石》中，為了生存而亡命的老百姓。出發前的每個飯局，朋友們舉杯時最常說的就是：加油啊，回來之後你就變成朝田龍太郎（日劇《醫龍》主角）了！

然而日劇歸日劇，現實生活裡的史瓦濟蘭，從來就不是這個樣子的。

如果有人側記著我們每日的生活，也許會覺得這裡很不非洲。醫療團的辦公室位於醫院少數幾個有冷氣的角落，關起門來把外頭的傳教聲響遠遠隔開，連上網路隨時就能跟台灣的一切訊息同步。我們下班後的住所坐落在有警衛守門的高級社區，晚餐有專人打理，如果手藝好的同梯弟兄心血來潮，要看到牛肉麵或珍珠奶茶上桌都不是問題。搭著專車上下班，到人潮洶湧的大賣場採購美式啤酒與零食，放眼望去，四周排隊的盡是打扮得比自己更時髦的黑人們。我的確這樣問過自己：這裡真的是一個近七成人民活在貧窮線以下的國家嗎？

要尋找我們想像中典型的非洲，必須從史瓦濟蘭醫院開始。而我來到醫院學會的第一件事情，是等待。

我們的醫療團進駐於首都的政府醫院（Mbabane Government Hospital，簡稱ＭＧＨ），這間具有百年歷史的老醫院可說是史瓦濟蘭的台大，也是全國官方醫院的最後一道防線。即便如此，漫長的等待在這間醫院卻是再也熟悉不過的日常：車禍進來需要緊急插管的患者，整個急診室卻找不到任何一套插管工具，只好拚命壓著氣囊，等待加護病房的醫師來支援；要開刀的孩子，檢驗室卻將重要的血液檢體搞丟了，只好臨時自己抽血送驗，繼續等。預算不夠用，醫院點滴耗竭了要等，護士罷工去了，查房要找人幫忙翻譯也要等。這裡似乎有雙神祕的手調慢了日常的時光，這些令人焦心的等待像是一場沒有星月的夜航，在黎明來臨之前，我們只能燃起小小的漁火，努力對抗無盡的幽暗。

試著開始理解造物者賦予這塊土地的生死哲學，是這些等待給我最大的收穫。某次內科的例行查房中，一位始終等不到後線抗生素可用而嚴重敗血症的患者，在我們來到她的病床前嚥下了最後一口氣。護士把幽幽啜泣的家屬請到了旁邊去，沒有慌亂的插管與壓胸，沒有一針又一針的急救藥物，更沒有聲嘶力竭的哭喊；主治醫師伸手蓋上了死者的眼睛，關掉氧氣，現場忽然完全陷入無聲的狀態。太安靜了，死亡原來可以是這樣失重的，生命不可承受之輕。

我學會的第二件事情，是要懂得微觀。

社會科學教過我們，文化、教育與生活模式，往往才是許多疾病的源頭；而要還原史瓦濟蘭真實的樣貌，就必須有更貼近在地的觀察與互動。我開始記錄同樣生活在醫院與其周圍的小人物們，並從與他們的生活片段裡，發掘一則則巨觀之中看不見的故事。被關在第七病房裡的囚徒，原來可以只是付不出給法官的賄賂；相對於複雜的藥劑與手術，宛如驅魔者的傳教士常常能比醫師給予患者更深刻的療癒。在所有的借物者中，誰只是習慣性的討取，又有誰是真正醫療所需的無奈呢？那些長期隱居醫院角落，沒有住址也沒有身分的人們，真的是破壞醫院設備的元凶？

奇幻的漂流持續著，透過多次的慶典與在地旅行，我不斷拓展自己在非洲大陸的航海圖。與許多來到史瓦濟蘭的外國人一樣，我們興奮地圍起傳統服飾加入勇士節的隊伍之中，在蘆葦節拋開拘束與害羞，加入與當地裸身少女們的合照中。然而最令我感動的，往往卻是那些細微末節的小事。國小學童們從塑膠桶中挖出的糊狀午餐，用鐵絲或廢棄塑膠拼折而成的童玩，還有第一次把相機掛上孩子們的後頸，牽著他們烏黑發亮的小手按下快門的感動。西方的諺語常說，魔鬼藏在細節裡，卻忘了告訴我們，天使其實也是。

於是我努力的寫，希望用文字的琥珀將這段時光封存起來。好的壞的，感動的哀傷的，那是我的航海日誌，所有出港入港的軌跡都將拼湊成我的尋醫者之路，引領著我往下一座海洋遷徙。

只是我寫的速度始終趕不上時間。

離開史瓦濟蘭的前一天，是今年度的最後一場義診。黃土飛揚的小學校來了近四百人，像是準備領禮物般瘋狂湧入掛號區的，大多數是沒什麼病痛的孩子。跟我一同看診的護士說，他們根本沒病，只是渴望被你們注意而已。

於是午休時我一如往常的拿起相機，加入外頭的孩子群開始拍照，只是這次的人數實在太多，18mm的廣角端怎樣都放不進所有孩子的笑容。他們推擠著，像是爭奪飼料的錦鯉群，偶爾露出黃黃的缺牙，笑聲卻不需要翻譯。臨走前揮揮手，孩子們也瘋了似的跳著揮手回應，那些小小黑黑，可能剛抓過鼻涕或玉米糊的手指幾乎要遮住整個畫面，我才開始有了真切的意識，這次是真的要道別了。

「時間並不理會我們的美好。」詩人羅智成是這麼說的。

回到台灣的醫院，忙碌的生活與值班很快排山倒海襲來。在非洲要等上兩三天的檢驗報告轉眼間就跳上電腦，吃飯的速度永遠趕不上新病人入院的腳步，一切好像被按了快轉鍵，我只能不斷努力的跟上，然後喘氣。有次值班被家長在病房怒斥了一陣，理由是小朋友嘴巴破了為什麼要等很久才有醫師來看。那個晚上不知道為什麼，我瘋狂的懷念起那幾個在非洲照顧過的大頭寶寶們。忙到十點多終於得以下樓買晚餐，我抬起頭來，天空晴朗無雲，曾經那樣熟悉的南十字星卻早已不在那裡了。

但我心中隱隱然知道，即使還是會眷戀著那些美好的時刻，我的旅程仍得繼續向前。也許是另一段白色巨塔中的修練，也許還會經過幾場暴風雨，幾次迷航，幾段艱苦卻不被輕易擊倒的路途。校園與醫院的七年歲月教導我什麼是醫療，非洲大陸的一年卻讓我學會在疾病與生死前該有的謙卑。我衷心期盼未來的某一天，這張以少年時光謄繪的海圖能夠再一次引領我，回到偉大的航道上。

發表索引

〈在急救間〉	《自由時報》副刊，2012.09.24
〈在值班室〉	林榮三文學獎小品文獎，2011.11.08
〈在地下街〉	《人間福報》副刊，2012.08.08
〈在圖書館〉	《中華日報》副刊，2012.03.25
〈變成大叔以後〉	《中華日報》副刊，2012.04.27
〈關於幻聽的幾個片段〉	《自由時報》副刊，2012.06.05（節選）
〈有故事的菸〉	《中華日報》副刊，2012.08.13
〈Last Order〉	長庚文學獎散文首獎，2011.11
〈大頭寶寶〉	《國語日報》，2012.03.17
〈年關〉	《聯合報》副刊，2012.07.30
〈燒傷病房〉	《中華日報》副刊，2012.06.14
〈被調慢的時光〉	《國語日報》，2012.06.16
〈蛋蛋的哀傷〉	《中華日報》副刊，2012.09.25
〈沒有光的航道上〉	《人間福報》副刊，2012.05.31
〈無聲的問診術〉	《國語日報》，2012.11.21
〈染色戰爭〉	《國語日報》，2012.12.19
〈印記〉	《國語日報》，2012.04.21
〈Carry you home〉	《人間福報》副刊，2013.01.10
〈臥廊者〉	《聯合報》副刊，2012.02.08

〈驅魔者〉《國語日報》，2012.01.11

〈遊行者〉《國語日報》，2012.05.19

〈借物者〉《中國時報》人間副刊，2012.05.27

〈日巡者與夜巡者〉《人間福報》副刊，2012.10.10

〈尋醫者〉《聯合報》副刊，2012.11.27

〈不存在的房間〉《人間福報》副刊，2012.09.06

〈小販們〉《中國時報》人間副刊，2012.07.22

〈湊車男孩〉《自由時報》副刊，2012.12.16

〈交換之術〉《自由時報》副刊，2012.07.04

〈比幸福更頑強〉《中華日報》副刊，2012.01.28

〈最好的食堂〉《國語日報》，2012.02.18

〈非洲慢跑地圖〉《人間福報》副刊，2012.07.13

〈童玩〉《國語日報》，2012.07.21

〈勇士們〉《國語日報》，2012.08.11

〈公主徹夜未眠〉《國語日報》，2012.10.23

〈野火〉《國語日報》，2012.09.25

〈少年籃球夢〉《中華日報》副刊，2012.12.19

〈尋屋記〉《聯合報》副刊，2013.01.22

〈遊獵的本事——Safari〉《中國時報》人間副刊，2013.01.22

〈鼓聲響起〉《中華日報》副刊，2013.03.10

《尋醫者——一張白色巨塔往非洲大陸的航海圖》
新書簽講會

主題：醫者V.S.旅人——旅途中的驚奇時光

主講：《尋醫者》作者／殷小夢（本名殷士閔）
特別來賓：作家／劉梓潔（《父後七日》《此時此地》作者）
時間：2013/04/12（五）20:00-21:00
地點：誠品信義店3F Mini Forum（台北市松高路11號）

洽詢電話：
寶瓶／（02）2749-4988
※免費入場・座位有限

《尋醫者——一張白色巨塔往非洲大陸的航海圖》
《來自天堂的微光——我在史瓦濟蘭行醫》
聯合新書分享會

主題：那一年，我們勇敢在非洲史瓦濟蘭行醫

對談人：殷小夢・阿布
時間：2013/06/01（六）14:30
地點：華山1914文創園區・遠流別境（台北市八德路一段1號）

活動洽詢電話：
寶瓶／（02）2749-4988
遠流／（02）2392-6899分機352
※免費入場・座位有限

國家圖書館預行編目資料

尋醫者：一張白色巨塔往非洲大陸的航海圖／殷小夢著
--初版.--臺北市：寶瓶文化, 2013.03
面； 公分.--(Island；196)

ISBN 978-986-5896-19-5（平裝）

855　　102002519

Island 196

尋醫者——一張白色巨塔往非洲大陸的航海圖

作者／殷小夢

發行人／張寶琴
社長兼總編輯／朱亞君
主編／張純玲・簡伊玲
編輯／禹鐘月・賴逸娟
美術主編／林慧雯
校對／禹鐘月・陳佩伶・劉素芬・殷小夢
企劃副理／蘇靜玲
業務經理／盧金城
財務主任／歐素琪　業務助理／林裕翔
出版者／寶瓶文化事業有限公司
地址／台北市110信義區基隆路一段180號8樓
電話／(02) 27494988　傳真／(02) 27495072
郵政劃撥／19446403　寶瓶文化事業有限公司
印刷廠／世和印製企業有限公司
總經銷／大和書報圖書股份有限公司　電話／(02) 89902588
地址／台北縣五股工業區五工五路2號　傳真／(02) 22997900
E-mail／aquarius@udngroup.com

著作完成日期／二〇一二年十二月
初版一刷日期／二〇一三年三月
初版二刷日期／二〇一三年三月十五日

ISBN／978-986-5896-19-5
定價／三〇〇元

財團法人|國家文化藝術|基金會 創作補助

愛書人卡

感謝您熱心的為我們填寫，
對您的意見，我們會認真的加以參考，
希望寶瓶文化推出的每一本書，都能得到您的肯定與永遠的支持。

系列：Island196　**書名：尋醫者——一張白色巨塔往非洲大陸的航海圖**

1. 姓名：＿＿＿＿＿＿＿＿　性別：□男　□女
2. 生日：＿＿年＿＿月＿＿日
3. 教育程度：□大學以上　□大學　□專科　□高中、高職　□高中職以下
4. 職業：＿＿＿＿＿＿＿
5. 聯絡地址：＿＿＿＿＿＿＿＿＿＿＿＿＿＿＿＿＿＿

   聯絡電話：＿＿＿＿＿＿＿＿　手機：＿＿＿＿＿＿＿＿
6. E-mail信箱：＿＿＿＿＿＿＿＿＿＿＿＿＿＿＿＿

   □同意　□不同意　免費獲得寶瓶文化叢書訊息
7. 購買日期：＿＿年＿＿月＿＿日
8. 您得知本書的管道：□報紙／雜誌　□電視／電台　□親友介紹　□逛書店　□網路　□傳單／海報　□廣告　□其他
9. 您在哪裡買到本書：□書店，店名＿＿＿＿＿＿　□劃撥　□現場活動　□贈書　□網路購書，網站名稱：＿＿＿＿＿＿　□其他＿＿＿＿＿
10. 對本書的建議：（請填代號　1. 滿意　2. 尚可　3. 再改進，請提供意見）

    內容：＿＿＿＿＿＿＿＿＿＿＿＿

    封面：＿＿＿＿＿＿＿＿＿＿＿＿

    編排：＿＿＿＿＿＿＿＿＿＿＿＿

    其他：＿＿＿＿＿＿＿＿＿＿＿＿

    綜合意見：＿＿＿＿＿＿＿＿＿＿＿＿＿＿＿＿＿＿＿＿＿＿＿＿
11. 希望我們未來出版哪一類的書籍：＿＿＿＿＿＿＿＿＿＿＿＿＿＿＿＿

讓文字與書寫的聲音大鳴大放

寶瓶文化事業有限公司

（請沿此虛線剪下）

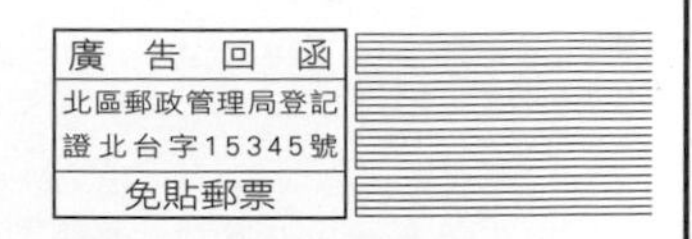

寶瓶文化事業有限公司　收

110台北市信義區基隆路一段180號8樓
8F,180 KEELUNG RD.,SEC.1,
TAIPEI.(110)TAIWAN R.O.C.

（請沿虛線對折後寄回，謝謝）